永恒的经典

杰作

名著金库

司空图二十四诗品·今译本

中国文学皇冠上的明珠、艺术人生的永恒滋养品!

文懿之

- 雄浑
- 冲淡
- 纤秾
- 沉着
- 高古
- 典雅
- 洗炼
- 劲健
- 绮丽
- 自然
- 含蓄
- 豪放
- 精神
- 缜密
- 疏野
- 清奇
- 委曲
- 实境
- 悲慨
- 形容
- 超诣
- 飘逸
- 旷达
- 流动

序

文爱艺

《二十四诗品》，简称《诗品》，是中国古代诗歌美学、诗歌理论专著。它探讨了诗歌创作、诗歌美学的风格问题，形象地概括了各种诗歌的风格特点，从创作的角度深入探讨了各种艺术风格的形成，对诗歌创作、评论、欣赏等方面做了深入的研究，对中国文学产生了巨大的影响，成为中国文学批评史上的经典名著。

《二十四诗品》文字极简，理论蕴涵却极为丰富，理论结构非常严整，含义深刻。

《二十四诗品》将哲思用简洁、隽永、璀璨的睿语，在充满诱惑的世俗里，把人生追寻中遇到的迷茫转换到诗意的光芒之中，指引我们逃离世俗的贪念，让心灵进入无限自由的精神空间，享受大自然赐予的风风雨雨。

《二十四诗品》里的哲思蕴含着无限的可能，它将神秘浸入字里行间，令时间和空间都随着诗意的芳香，在诗人敏锐的洞察力中，落笔为超脱生死荣辱的美境，让我们在可触可感里，伸展出想象的翅膀，从而达到诗意人生的完美境界。

《二十四诗品》是中国美学史上体系性著作的杰出代表，它不仅是中国美学的奇珍，也是世界美学的异宝！

一

一般认为，《二十四诗品》是晚唐著名诗人、诗论家司空图所著。但也有学者认为是唐代李嗣真所著，其证据是有关典籍上记载过李嗣真的《二十四诗品》，他又有《后书品》传世，与《二十四诗品》的四言诗形式相同。不过，此论牵强，不足信。

我认为，它就是司空图的作品。

司空图（837—908），河中虞乡（今山西运城永济）人。晚唐著名诗人、诗论家。字表圣，自号知非子，又号耐辱居士，史称司空图。祖籍临淮（今安徽凤阳东南），出身于中等官吏之家，其曾祖父、祖父、父亲都官至郎中，司空图做过唐朝的知制诰、中书舍人。

司空图生活在唐末大动荡的时代，平生之志，不在文墨之伎，欲揣机穷变，意欲济世安民，为唐王朝效犬马之劳。

司空图少有俊才，文章为绛州刺史王凝所赏识。王凝回朝任礼部侍郎，知贡举。司空图于唐懿宗咸通十年（869）应试，擢进士第，被召为殿中侍御史，时年三十三岁。王凝因事被贬为商州刺史，司空图感其知遇之恩，主动表请随行。唐僖宗乾符四年（877），王凝出任宣歙观察使，召请他为幕府。翌年，朝廷授司空图殿中侍御史，他不忍离开王凝，因拖延逾期，左迁为光禄寺主簿，分司东都洛阳。卢携罢相，居洛阳，对他的才华、为人很看重，常相往共游。卢携经过司空图的宅第，在壁上题诗赞他："姓氏司空贵，官班御史卑。老夫如且在，不用叹屯奇。"卢携回朝复相，召司空图为礼部员外郎，寻迁郎中。

唐僖宗广明元年（880），黄巢起义军攻入长安。司空图弟弟的奴仆段章参加了黄巢起义，并劝他往迎起义军，他不肯，回到故乡河中。僖宗在川中待了四年，返长安，光启元年（885）又出逃凤翔，再至汉中，于光启四年返长安。

从此，直到去世，司空图都过着消极的隐居生活。他的大部分诗歌、诗论也是在这一时期写成的。

司空图出身于官僚地主家庭，处在黄巢起义、唐王朝行将覆灭的大动荡时代，他没有勇气面对现实，转而秉持了避世隐退的人生态度。

唐昭宗继位后，又曾数次召他入朝，拜舍人、谏议大夫、户部侍郎、兵部侍郎等职，司空图都称病谢辞。两度经历战乱，看到朝廷屡弱，纪纲大坏，李唐王朝颓势已成，不可挽回，司空图遂隐居避祸，以诗酒自娱。

王重荣兄弟镇守汉中，仰慕他的名声，常多馈赠，他都拒绝。后王氏兄弟骗他作碑文，赠绢数千匹。司空图把绢堆放在虞乡市上，任人取用。

回乡后，司空图既不同百姓往来，也不与官府联络。"将取一壶闲日月，长歌深入武陵溪。""侬家自有麒麟阁，第一功名只赏诗。"

他后来定居中条山王官谷的先人别墅，泉石林亭，幽栖的世外桃源，他以与高僧、名士吟咏为乐。

他在王官谷庄园特修一亭——休休亭，写《休休亭记》明志："休，美也。既休而美具。谓其才，一宜休也；揣其分，二宜休也；耄而聩，三宜休也。而又少而惰，长而率，老而迂，是三者皆非济时之用，则又宜休也。"

他又作《耐辱居士歌》咏叹"休休休，莫莫莫"，表达了"宁处不出"的心志。

司空图长期隐居，过着"一局棋，一炉药，天意时情可料度，白日偏催快活人，黄金难买堪骑鹤"的生活。但他又不能忘情于李唐王朝，隐居是迫不得已。他的心情凄苦，只能到佛老思想里寻求解脱："名应不朽轻仙骨，理到忘机近佛心。"（《山中》）"从此当歌唯痛饮，不须经世为闲人。"（《有感》）

他由感伤、悲观、绝望，转向任其自然、置身物外、淡泊恬静的道家心境，幻想从佛教的空寂中寻求人生的解脱。泉石林亭中，他与名僧高士咏游，与野老同席。佛道思想渗透到他的诗歌创作与评论之中。

司空图藏书约 7400 卷，有很多道家、佛家经文。司空图性苦吟，举笔缘兴，几千万篇。他自称："侬家自有麒麟阁，第一功名只赏诗。"麒麟阁就是他的藏书之地。

司空图的诗多抒发隐逸山水的闲情逸致，志趣淡泊。他在诗中寄言："诗中有虑犹须戒，莫向诗中著不平。"

在中国文学史上，他主要以诗论著称。

《二十四诗品》是他的论诗专著，是唐诗艺术高度发展在理论上的一种反映，是当时诗歌艺术论的集大成之作。

苏轼评："唐末司空图崎岖兵乱之间，而诗文高雅，犹有承平之遗风。""司空表圣自论其诗，以为得味外之味。'绿树连村暗，黄花入麦稀'，此句最善。又'棋声花院闭，幡影石坛高'。吾尝独游五老峰，入白鹤观，松阴满地，不见一人，惟闻棋声，然后知此句之工也。"后人于此亦多有激赏之词。

今存《司空表圣诗集》，有《唐诗百名家全集》本、《乾坤正气集》本、《四部丛刊》影《唐音统签》本、《全唐诗》收诗三卷。《司空表圣文集》有《四库全书》本、《四部丛刊》影宋本。附有缪荃荪等撰校记的《嘉业堂丛书》本文集与诗集。

《二十四诗品》被收入《全唐诗》，另有单行本多种，通行的有《津逮秘书》本、《学津讨原》本、《说郛》本、《历代诗话》本、《四部备要》本等。

后梁开平二年（908），唐哀帝被弑，司空图绝食，呕血而死，终年七十二岁。

事迹见旧、新《唐书》本传。

二

司空图的成就主要在诗论，《二十四诗品》为不朽之作，奠定了司空图在文学史上的牢固地位。

《二十四诗品》文字氤氲，旨意深远，不仅是创作论、风格学、赏鉴说，更已进入审美境界。

《二十四诗品》继承了道家的美学思想，以道家哲学为基础，以自然淡远的审美情趣，囊括了诗歌艺术风格和美学意境的诸多领域。它将诗歌创造的风格、境界分类，通篇充溢着道家气息。道家认为道是宇宙的本体生命，生发天地万物。《二十四诗品》就是由道论思想生发出来的二十四种美学境界。

《二十四诗品》是一部以一组美丽的写景四言诗写就的文学批评著作，它用种种形象比拟、烘托不同的诗品风格，在诗歌批评中创立了一种特殊的体裁。

《二十四诗品》的"品"，可作品类解，即二十四类；也可作品味解，即对各种诗风加以品味。

中国古代文学理论中，风格多称为体。司空图将诗的表现手法、艺术风格、意境概括并细分为雄浑、冲淡、纤秾、沉着、高古、典雅、洗炼、劲健、绮丽、自然、含蓄、豪放、精神、缜密、疏野、清奇、委曲、实境、悲慨、形容、超诣、飘逸、旷达、流动二十四种风格品类，每格一品，每品以十二句形象化的四言诗描述说明，四十八个字，加上标题，共五十个字。二十四首加起来，共一千二百个字。篇幅虽短，内涵却丰富精深，也涉及作者的思想修养和写作手法，对后世的文学批评和创作具有深刻的影响，是中国古代诗学名著，美学瑰宝。

《二十四诗品》以二十四种意境阐述诗歌的二十四种风格，它不仅有风格论的阐释，而且蕴藏着对创作方法的探索，是对诗人自身修养的指迷。它对当代美学有着较强的借鉴意义和指导作用。

《四库总目提要》称之："所列诸体毕备，不主一格。""教人为诗，门户甚宽，不拘一格。"

《二十四诗品》论风格着眼于各种风格的意境，不注重形成的要素方法。它用诗的语言，为各种风格描绘出意境，对创作方法略加点拨。

它通篇是感性的画面形象，不做理性的逻辑分析，让读者咀嚼、体悟、把握。全书虽有对表现方法、特点的理性分析，也尽量保持诗意的形象性和与整篇的意境融合。诗中描绘的景象，是对表达风格的具体再现。

客观世界是诗的源泉。

《二十四诗品》以意境说明风格，其意多是幽、独、淡、默，其境是荒旷、虚寂、月夜、夕照。哲学层面上统摄这些意境的是道、真、素、虚等老庄玄学的概念术语。

《二十四诗品》总体上倾向于冲淡，体现了作者希心释道、笃好虚淡、落落寡合、内心悲凉的隐者情绪。精细微约、深加思索的字句之中内蕴着司空图的美学思想和他对自然、冲淡美学情趣的追求。

他论诗注重含蓄蕴藉的韵味，清远醇美的意境。他在《与李生论诗》中言："愚以为辨于味而后可以言诗。"他认为诗应有味外之味，讲究象外之象、景外之景，提倡咸酸之外的味外之旨，近而不浮、远而不尽的韵外之致。他由具体的艺术形象生发出无限的联想、想象、美感。他要求诗应自然、真纯。

这些思想贯穿全书，对我国的诗艺影响巨大。"自然"是中国古代文学创作中最高的理想审美境界，它的哲学和美学基础是老庄提倡的自然，反对人为。

《二十四诗品》尽述事物，非囿于一事一物；绵延幽绝，莫测高深，融铺陈简约、恣肆平淡于一体。古今万物，察心谙道，融会贯通，虚实相参，内外兼及，它是中国文学的瑰宝。

司空图的艺术风格观体现了由阳刚、阴柔基本风格所发展出来的多种多样的风格美。

中国古代哲学认为，宇宙阴阳二气，和合产生万物，独阴或独阳，都不能生物。

《二十四诗品》标示的所有诗歌风格，都是阴阳合德的产物，具有阴阳和合之美。

《二十四诗品》的结构，是中国古代哲学思想的诗性表达，与《周易》的结构暗合。

《二十四诗品》的开篇《雄浑》《冲淡》，如《周易》的开篇《乾》《坤》。

《二十四诗品》的结尾《旷达》《流动》，如《周易》的结尾《既济》《未济》。

《二十四诗品》的开篇和结尾，首尾呼应，构成博大精深的思想表达的形式基础。

三

《雄浑》是《二十四诗品》的开篇，是阳刚之至的艺术风格，是中国文学艺术褒扬的阳刚之美的基本类型。

《雄浑》揭示出三个重要特征：空间的无限、力量的绝对和视觉的丰盈。这与西方美学中的"崇高"相似。

"雄浑"是中国古代哲学思想的基础，也是中国古代文学实践的基础。

《冲淡》与《雄浑》并列，是《二十四诗品》的开篇之一。冲淡是一种柔美之极的艺术风格，是中国历来推崇的阴柔之美的基本类型。

《冲淡》诗风的基本特征是：表层和柔明朗，轻逸灵动，洋溢着诗人脱俗超尘的对现实和艺术执着的审美精神；包蕴着恬淡平和的人格之美与淡泊的大自然之美有机融合而生发的醇厚之美。

《二十四诗品》对壮美的探究，除了《雄浑》，还有《劲健》《豪放》《旷达》等，它们同样具备阳刚之美的最基本特征，又有着鲜明的个性。

《劲健》："行神如空"，人的精神与作品之神没有阻隔；"行气如虹"，气如长虹，充盈持久，一体贯注；"巫峡千寻"，劲拔高峻；"走云连风"，健力横行。"饮真茹强，蓄素守中。喻彼行健，是谓存雄"，应当加强内在修养，蓄雄强之气，厚劲健之根。

《劲健》风格的特征：深养厚培，劲气健力，贯注诗作，气势遒劲，
健行不息，精神畅行无迹，展现出高峻横阔、内蕴巨大的艺术境界，
是气与力的颂歌。

《豪放》："观花匪禁，吞吐大荒。由道返气，处得以狂。"自然运
化，就能胸无滞碍，吞吐八荒；自道而来的充盈的元气，就能真力充
满，自信，向上。真力弥满，自然万象在旁，进而创造出壮丽。

《豪放》具备的四要素：不羁的心胸；充盈浩荡的元气真力；真实、
本性勃发的豪壮；瑰丽奇伟的万象。

《二十四诗品》对秀美的探究，除了《冲淡》，还有《纤秾》《绮丽》
《典雅》《清奇》等。

《纤秾》《绮丽》两种风格接近：境界细小，景象华美，色彩明丽。
其区别：纤秾的色彩，浓丽美盛，艺术氛围浓郁；绮丽在色彩、艺术
氛围等方面显出了浓淡互补、浓淡得宜的均衡。纤秾浓艳美盛，绮丽
明丽华美。实践中，两种风格不易分别，也不必细分。

《典雅》是对"典"的充分学习、熏染、积累而来的文化深度和高度，内聚为诗人的文化底蕴、文化品位。"雅"是以典为文化依托的高尚的审美情趣。典雅，纤小清新、自然淡雅，如梅、兰、竹、菊，诗、酒、琴、书。典雅风格，在情境中自然呈现。

《清奇》除具有秀美共有的纤小、明丽、柔美特征外，其个性特征在于：清景幽境，清人幽趣，人境融即，境趣溶溶；超出浊俗，淡远萧疏，清到极致，化而为奇。

《二十四诗品》的秀美论与西方传统的优美论相似。实践中，《二十四诗品》的秀美论更丰富、更细致、更深入，达到了更高的理论高度。

《二十四诗品》以美学思想体系的形式讨论壮美和秀美，是中国古代壮美论和秀美论思想体系的诗性表达。

四

《飘逸》既体现了明显的阴柔美,又显示出相对弱化的阳刚美特征。两种特征的有机融合,形成了《飘逸》所具有的阴阳和合之美的独特艺术风格。

《沉着》以思念之情喻示。"绿杉野屋,落日气清。脱巾独步,时闻鸟声",思者场景。"鸿雁不来,之子远行。所思不远,若为平生",不能释怀,喻示沉着。"海风碧云,夜渚月明。如有佳语,大河前横",思念延伸,长空同广,大夜俱深。

《沉着》偏阴柔,但内含的力量显示出阳刚的色彩。别情离思,深沉真挚,执着不渝,突出的情感力量油然而生。力量含蓄内在,历久不衰,显示出不可动摇的力度,成就了阴阳和合的《沉着》。

《沉着》偏阴柔,也可偏阳刚。

《旷达》指人的生命意识、人生态度、胸襟格调。旷,空阔,开朗;达,通达,达观。

《旷达》关注的是生死问题,即人如何在现实人生中面对生死。

《旷达》告诉我们,面对生命短暂、忧愁不断的人生,心不必为困境

所苦，思不必为生存所系，应以旷放、通达的胸襟超越它，进入审美
化的人生境界，在对美的自由观赏中欣然完成我们的人生之旅。

阳刚／柔美，壮美／秀美，和合／旷达，悲慨／超越。

《悲慨》展现了人在与异己力量冲突中的苦难与毁灭，对人的叹惋与
同情，对异己力量的无限憎恨与无奈。

《悲慨》体现的是悲剧的美学精神。《二十四诗品》的《悲慨》与西
方"悲剧"相似。

《二十四诗品》有着经过升华之后的纯净和对人生精神的向往。这具
体表现在对高、雅的追寻，体现出中国的文化。

《二十四诗品》的超越精神，突出体现在《超诣》《高古》《洗炼》
三品中，并贯穿于整部诗品。

《二十四诗品》的总体倾向，显示出中国文化内在超越的鲜明特质，
彰显出中国文化高度注重美和审美的固有品质。

五

《流动》近似于《周易》之生生不息。

《二十四诗品》以《流动》作结，表明流动精神是贯注于整部《二十四诗品》所论诗歌风格之中的精神，也是贯注于整部《二十四诗品》各品之间的一种精神。

《流动》展现的流动精神同时也扼要地说出了整部《二十四诗品》的结构。

《二十四诗品》开篇的《雄浑》与《冲淡》，在向终结处的《流动》发展中，展现出来的高妙，隐喻在《二十四诗品》从《纤秾》到《流动》的各品之中。

《流动》是《雄浑》《冲淡》的终结，也是整部《二十四诗品》的开端。它是《雄浑》《冲淡》向《流动》的发展运动，又是《流动》向《雄浑》《冲淡》的回返。

《流动》是终点，又是起点，是"流动"精神的体现。循环是永恒的规律。

《流动》完整地说明了《二十四诗品》的架构。《流动》道出了贯注《二十四诗品》始终的核心精神，道出了以地轴天枢为本始的宇宙世界在运行不息的循环中运动。《流动》的力量，道出了以《雄浑》《冲淡》为本始，经《流动》演化而展现为二十四品的目的，即以《流动》为终结的、具有循环特征的诗歌理论体系。

六

《二十四诗品》在艺术风格理论上最大的贡献，是从一般性地论述文学的语言风格转向研究文学的意境风格。唐代开始诗文分论，诗论中的风格论逐渐转向诗歌的意境论，皎然的十九字风格论已很清楚，与刘勰有了很大的不同。

《二十四诗品》体现的主要审美观念，如整体的美、自然的美、含蓄的美、传神的美、动态的美，都是从山水田园诗中概括而来的，这些审美观念本身具有广泛性，并不仅仅体现在山水田园诗中。

《二十四诗品》的主要思想体现了隐逸高士的精神情操，这与山水田园诗派基本一致。

《二十四诗品》对山水田园诗的创作经验作了总结，并给予了很高的评价。

清人许印芳在《与李生论诗书》的跋中说："表圣论诗，味在酸咸之外。因举右丞、苏州以示准的，此是诗家高格，不善学之，易落空套。"

伟大的诗，都具有哲思性。诗就是哲学，它是人类感知世界的最高形式。伟大的诗是对宇宙最深刻关系的把握。

司空图通过《二十四诗品》，借老庄玄学的理论，把自己的审美经验意象化地展现了出来。

司空图认为宇宙的本体和生命是道，诗的意境必须表现宇宙的本体和生命。

司空图在《二十四诗品》中反复强调了这种观念。

"真体内充。""返虚入浑。"（《雄浑》）

"乘月返真。"（《洗炼》）

"饮真茹强。"（《劲健》）

"俱道适往。"（《自然》）

"是有真宰，与之沉浮。"（《含蓄》）

"由道返气。"（《豪放》）

"道不自器，与之方圆。"（《委曲》）

"俱似大道，妙契同尘。"（《形容》）

没有对宇宙的本体和生命的把握，一切无从谈起。

诗人体道，必须保持虚静的状态。

"素处以默，妙机其微。"（《冲淡》）
"虚伫神素，脱然畦封。"（《高古》）
"体素储洁，乘月返真。"（《洗炼》）

诗人必须超越世俗的欲念，摆脱成见的束缚，使心灵处于虚静的状态，才能提升精神境界。

"畸人乘真，手把芙蓉。泛彼浩劫，窅然空踪。"（《高古》）
"幽人空山，过雨采苹。薄言情晤，悠悠天钧。"（《自然》）
"高人画中，令色絪缊。御风蓬叶，泛彼无垠。"（《飘逸》）

道体的充实与心灵的自由，是真正的诗人必须具备的最基本素质，只有这样才能把诗融入宇宙的生命之中，才能揭示出深层的审美意蕴。

司空图在《二十四诗品》中区分了诗歌意境的类别，论述了诗歌意境的美学本质。他以目击道存、比物取象的思维方式，将对生命的体知、诗意的了悟、诗思的省会熔统起来，超验世界，进入实境，达到天人合一的境界。

司空图强调思与境偕，求得象外之象、景外之景、韵外之致、味外之旨。

《二十四诗品》以《雄浑》开篇，《流动》终结，思与境偕，正是诗人在审美过程中，主体与客体的统一，理性与感性的统一，灵感与形象的融合；象外之象、景外之景，是超越具象生发出的令人心灵驰骋的遐想和回味无穷的艺术境界。

《二十四诗品》深邃精美，富于形象、思辨、哲理。

《二十四诗品》以精美简约的文字，构筑了恢宏的诗歌宇宙，展示了广袤的艺术时空。它是诗歌的理论，更是诗，又是一部体大虑周的艺术哲学著作。

七

《二十四诗品》对中国文学产生了深远的影响。自明始，各种丛书均有辑录；中国古代文学史标榜"性灵""神韵"的两个重要流派，都从中寻找自己的理论依据。它也是研究中国文学批评史和中国美学史，诠释意境的典范之作。

《二十四诗品》远播海外，产生了世界性的影响。西方对《二十四诗品》的翻译、研究引起了学术界的关注。

1901 年，英国汉学家翟理思在纽约出版的《中国文学史》，是西方翻译论及此书的最早文本。

1909 年，克兰默·宾在伦敦出版的《翠玉瑟琶：中国古诗选》中阐述道：《二十四诗品》引导我们以一种特殊的途径进入富有魅力的宇宙，使我的精神世界进入无限的自由中。

1946 年，苏联汉学家阿列克谢耶夫发表了他的硕士论文《一篇关于中国诗人的长诗：司空图的〈诗品〉翻译和研究》，这使《二十四诗品》成为苏联汉学研究中的一个热点。

日本学者对《二十四诗品》也作了相当深入的研究，如《二十四诗品举例》《诗品详解》等。

《二十四诗品》在开创文艺批评形式方面也有广泛影响，成为后世楷模。它的重要性和深远影响，还体现在后人对它的模仿上。历代产生了许多续作、模仿之作，并不限于诗歌理论的范围，如清代有袁枚的《续诗品》、顾翰的《补诗品》、黄钺的《二十四画品》、郭麐的《词品》、杨夔生的《续词品》、江顺诒的《续词品二十则》、魏谦升的《二十四赋品》、于永森的《诸二十四诗品》（含《新二十四诗品》《后二十四诗品》《续二十四诗品》《补二十四诗品》《终二十四诗品》《赘二十四诗品》）、许奉恩的《文品》、马荣祖的《文颂》等，这些续作从传承的角度真实地反映了《二十四诗品》经久不衰的魅力。

《二十四诗品》不是普通的诗歌理论著作，它是贯通古典美学与现代文艺的美丽之桥，是激活技术时代诗与思生命之美的能量。它透过形式抵达了生命之源，与大自然巧妙地融为一体，并携带着花香，散发着生命气息的泉水，向我们走来，成为生命之书，引领我们进入充满活力的健康人生。

附录

《新唐书·司空图本传》原文：

司空图，字表圣，河中虞乡人。父舆，有风干。当大中时，卢弘正管盐铁，表为安邑两池榷盐使。先是，法疏阔，吏轻触禁，舆为立约数十条，莫不以为宜。以劳再迁户部郎中。

图，咸通末擢进士，礼部侍郎王凝所奖待，俄而凝坐法贬商州，图感知己，往从之。凝起拜宣歙观察使，乃辟置幕府。召为殿中侍御史，不忍去凝府，台劾，左迁光禄寺主簿，分司东都。卢携以故宰相居洛，嘉图节，常与游。携还朝，过陕虢，属于观察使卢渥曰："司空御史，高士也。"渥即表为僚佐。会携复执政，召拜礼部员外郎，寻迁郎中。

黄巢陷长安，将奔，不得前。图弟有奴段章者，陷贼，执图手曰："我所主张将军喜下士，可往见之，无虚死沟中。"图不肯往，章泣下。遂奔咸阳，间关至河中。僖宗次凤翔，即行在拜知制诰，迁中书舍人。后狩宝鸡，不获从，又还河中。龙纪初，复拜旧官，以疾解。景福中，拜谏议大夫，不赴。后再以户部侍郎召，身谢阙下，数日即引去。昭宗在华，召拜兵部侍郎，以足疾固自乞。会迁洛阳，柳璨希贼臣意，诛天下才望，助丧王室，诏图入朝，图阳堕笏，趣意野耄。璨知无意于世，乃听还。

图本居中条山王官谷，有先人田，遂隐不出。作亭观素室，悉图唐兴节士文人，名亭曰休休，作文以见志曰："休，美也，既休而美具。故量才，一宜休；揣分，二宜休；耄而聩，三宜休；又少也惰，长也率，老也迂，三者非济时用，则又宜休。"因自目为耐辱居士。其言诡激不常，以免当时祸灾云。豫为冢椁，遇胜日，引客坐圹中赋诗，酌酒裴回。客或难之，图曰："君何不广邪？生死一致，吾宁暂游此中哉！"每岁时，祠祷鼓舞，图与闾里耆老相乐。王重荣父子雅重之，数馈遗，弗受。尝为作碑，赠绢数千，图置虞乡市，人得取之，一日尽。时寇盗所过残暴，独不入王官谷，士人依以避难。

朱全忠已篡，召为礼部尚书，不起。哀帝弑，图闻，不食而卒，年七十二。图无子，以甥为嗣，尝为御史所劾，昭宗不责也。

赞曰：节谊为天下大闲，士不可不勉。观皋、济不污贼，据忠自完，而乱臣为沮计。天下士知大分所在，故倾朝复支。不有君子，果能国乎？德秀以德，城以鲠峭，图知命，其志凛凛与秋霜争严，真丈夫哉！

目 录

司空图 二十四 诗品 · 今译本

司空图像 ○ 大中签

雄
渾

大用外腓　真體內充　返虛入渾　積健爲雄

具備萬物　橫絕太空　荒荒油雲　寥寥長風

超以象外　得其寰中　持之匪強　來之無窮

范宽 ○ 溪山行旅图（台北故宫拼图）

○ 大用：庄子《人间世》："且予求无所可用久矣，几死，乃今得之，为予大用。使予也而有用，且得有此大也邪？""大用"，"无用之用"。"人皆知有用之用，而莫知无用之用也。"

○ 腓：原指小腿肚，善于屈伸变化。此指宇宙本体呈现无穷变化的姿态。

○ 真体：得道之体，合乎自然之道之体。《庄子•渔父》："礼者，世俗之所为也；真者，所以受于天也，自然不可易也。故圣人法天贵真，不拘于俗。"

○ 虚：自然之道的特征。《庄子•人间世》："气也者，虚而待物者也。唯道集虚。虚者，心斋也。"

○ 浑：自然之道的状态。《老子》："有物混成先天地生。寂兮寥兮独立不改，周行而不殆，可以为天下母。"

○ 健：《易经》："天行健，君子以自强不息。"唐代孔颖达《正义》："天行健者，谓天体之行，昼夜不息，周而复始。"

○ 具备：本作"备具"。

○ 环中：源于《庄子•齐物论》："枢始得其环中，以应无穷。"蒋锡昌《庄子哲学•齐物论校释》："'环'者乃门上下两横槛之洞；圆空如环，所以承受枢之旋转者也。枢一得环中，便可旋转自如，而应无穷。此谓今如以无对待之道为枢，使入天下之环，以对一切是非，则其应亦无穷也。"《则阳》："冉相氏得其环中以随成，与物无终无始，无几无时。"郭象注："居空以随物，物自成。"自然则能无为而无不为。

大用外腓，真体内充。返虚入浑，积健为雄。
具备万物，横绝太空。荒荒油云，寥寥长风。
超以象外，得其环中。持之匪强，来之无穷。

华美的形式涌现在外，真切的内容充实其中。虚静才能浑然，蓄正方显英雄。

包罗万象，横贯太空。苍茫滚动的飞云，浩荡翻腾的长风。

超越生活的表象，才能掌握内在的核心。雄浑不可强求，自然就会无穷。

　　"大用外腓"是"真体内充"，是道家、玄学的体用。"言
浩大之用改变于外，由真实之体充满于内也"；"返虚入
浑，积健为雄"，具体解释了"雄浑"。虚，能包含万物，
高于万物，只有达到"虚"，才能进入"浑"的境界，像宇
宙本体那样不停地运动，周而复始，日积月累，自然之健，
产生雄浑之气。

　　前四句，是对"雄浑"之美哲学思想的解释。

　　首二句，讲道家和玄学的体用，本末观。"大用外腓"，是
因为"真体内充"，"言浩大之用改变于外，由真实之体充
满于内"，是"雄浑"美的哲学思想基础。此二句"返虚入
浑，积健为雄"，是在上两句的基础上对"雄浑"的具体
解释。

　　《庄子·渔父》："礼者，世俗之所为也；真者，所以受于天
也，自然不可易也。故圣人法天贵真，不拘于俗。"

　　道家之真和儒家之礼相对。

　　《天道》："极物之真，能守其本，故外天地，遗万物，而
神未尝有所困也。通乎道，合乎德，退仁义，宾礼乐，至人
之心有所定矣。"

《刻意》："故素也者，谓其无所与杂也；纯也者，谓其不亏其神也。能体纯素，谓之真人。"

《秋水》："曰：'何谓天？何谓人？'北海若曰：'牛马四足，是谓天；落马首，穿牛鼻，是谓人。故曰：无以人灭天，无以故灭命，无以得殉名。谨守而勿失，是谓反其真。'"

"大用"，庄子《人间世》记载，为数千头牛遮阴的大栎树托梦给对它不屑一顾的木匠说："且予求无所可用久矣，几死，乃今得之，为予大用。使予也而有用，且得有此大也邪？""大用"即"无用之用"也。"人皆知有用之用，而莫知无用之用也。"

"浑"，自然之道的状态。《老子》："有物混成先天地生。寂兮寥兮独立不改，周行而不殆，可以为天下母。"

"虚"，自然之道的特征。《庄子·人间世》："气也者，虚而待物者也。唯道集虚。虚者，心斋也。"

《天道》："夫虚静恬淡寂漠无为者，万物之本也。"虚，能包含万物，高于万物，因此只有达到"虚"，方能进入"浑"的境界。

下句"积健为雄"的"健"，有天然之"健"和人为之"健"

之分，儒家讲的是人为之"健"，道家讲的是天然之"健"。此处之"健"是《易经》中"天行健，君子以自强不息"之意。

唐代孔颖达《正义》："天行健者，谓天体之行，昼夜不息，周而复始。"

中四句，进一步发挥前四句的思想内涵：雄浑之体得自然之道，故包容万物，笼罩一切，如大鹏逍遥，横贯太空，莫与抗衡。宇宙本体原本浑然一体，运行不息，一团元气，它有充沛的自然积累，才会体现雄浑体貌。

"荒荒油云，寥寥长风"，自然生化，毫无人迹，正是自然之道的体现。

"具备万物，横绝太空"，指雄浑之体得自然之道，故包容万物，笼罩一切，有如大鹏之逍遥，横贯太空，莫与抗衡。庄子《逍遥游》："且夫水之积也不厚，则其负大舟也无力。覆杯水于坳堂之上，则芥为之舟；置杯焉则胶，水浅而舟大也。风之积也不厚，则其负大翼也无力。"

大鹏能"水击三千里，抟扶摇而上者九万里"，因它是以整个宇宙作为自己运行的空间，故气魄宏大，无与伦比。宇宙本体原本浑然一体，运行不息，它有充沛的自然积累，能体现雄浑之体貌。

"荒荒油云，寥寥长风"，自由自在，飘忽不定，浑然而生，浑然而灭，气势磅礴，绝无形迹，是自然界中天生化成而毫无人为作用，是自然之道的体现。

后四句，是对雄浑诗境创作特点的概括。

"超以象外"为雄，"得其环中"为浑，"返虚入浑"，"雄浑"境界的获得，必须超乎言象，得其环中，必须随顺自然，决不可强勉，故"持之匪强，来之无穷"。"不著一字，尽得风流。"孙联奎《诗品臆说》："'不著一字'即'超以象外'，'尽得风流'即'得其环中'。"

意象批评的方法是《二十四诗品》的基本批评方式。

《雄浑》位列《二十四诗品》之首，是《二十四诗品》中最重要的一品，是自然之道的美，它表达了自然本体的最高的美，是诗歌创作的最理想境界。

它体现的"超以象外，得其环中"的创作思想贯穿整部《二十四诗品》。正确理解《雄浑》，对认识《二十四诗品》的思想具有指导意义。

环中，源于《庄子·齐物论》："枢始得其环中，以应无穷。"
蒋锡昌《庄子哲学·齐物论校释》："'环'者乃门上下两
横槛之洞；圆空如环，所以承受枢之旋转者也。枢一得环中，
便可旋转自如，而应无穷。此谓今如以无对待之道为枢，使
入天下之环，以对一切是非，则其应亦无穷也。"

《则阳》："冉相氏得其环中以随成，与物无终无始，无几无时。"
郭象注："居空以随物，物自成。"

雄浑境界的获得须顺应自然："持之匪强，来之无穷。""不
著一字，尽得风流。""不著一字"，即"超以象外"，"尽
得风流"，即"得其环中"。

"雄浑"和"雄健"不同，雄浑以老庄思想为基础，雄健以
儒家思想为基础。

严羽《答出继叔临安吴景仙书》："盛唐之诗，雄深雅健。
仆谓此四字但可评文，于诗则用'健'字不得。不若《诗辨》
雄浑悲壮之语，为得诗之体也。毫厘之差，不可不辨。坡谷
诸公之诗，如米元章之字，虽笔力劲健，终有子路事夫子时
气象。盛唐诸公之诗，如颜鲁公书，既笔力雄壮，又气象浑厚，
其不同如此。只此一字，便见吾叔脚根未点地处也。"

"雄浑"和"雄健"，一字之差，美学思想相去甚远。

"雄浑"之美的诗境具备以下特征：

"雄浑"的诗境，如自在运行的元气，浑然不可分割，有一种整体的美；"大音希声，大象无形"。气象混沌，不可句摘。蓝田日暖，良玉生烟，可望而不可置于眉前。

王昌龄《从军行》："大漠风尘日色昏，红旗半卷出辕门。前军夜战洮河北，已报生擒吐谷浑。"边塞的风光，军士的气概，跃然纸上。

王维《终南山》："太乙近天都，连山接海隅。白云回望合，青霭入看无。分野中峰变，阴晴众壑殊。欲投人处宿，隔水问樵夫。"山峰雄伟，直上云霄，绵延起伏，阴晴各殊，涧水曲折，潺潺流过。行人隔水问樵夫，将山势的壮阔，衬托得淋漓尽致。

"雄浑"是自然之美，绝无人工痕迹，是最高之美的境界。应之自然，与天和者，谓之天乐。依乎天理，因其固然。"荒荒油云，寥寥长风。""持之匪强，来之无穷。"

《庄子·应帝王》："南海之帝为儵，北海之帝为忽，中央之帝为浑沌。儵与忽时相与遇于浑沌之地，浑沌待之甚善。儵与忽谋报浑沌之德，曰：'人皆有七窍以视听食息，此独无有，尝试凿之。'日凿一窍，七日而浑沌死。"

天籁、地籁、人籁，天籁不依赖人力，不依赖任何外力，所以是最高的美的境界。

"雄浑"是一种含蓄的美，超乎一切言象之外。在浑然一体的诗境中蕴含着无穷无尽的意味，日新月异，生生不息。自然本体所具有的"大用外腓"之道、"真体内充"的特点，决定了"雄浑"诗境含蓄的特质。它开拓了想象力的空间，启发了审美创造力。"返虚入浑"，以无统有，以虚驭实。

"雄浑"是一种传神的美，不是形似的美。它浑然一体，言尽意无穷，味外之旨、韵外之致，有不知所以神而自神的特征。

"雄浑"是一种有生命力的、流动的、动态的美，不是静止的、僵死的、缺少生气的静态的美。

　　"雄浑"的美是具有空间性、立体感的飞动之美。

　　"雄浑"的美揭示了雄浑的三个重要特征：空间的无限、力量的绝对和视觉的朦胧。

　　"雄浑"之美与西方美学中的"崇高"相似。

例
诗

大漠风尘日色昏，红旗半卷出辕门。
前军夜战洮河北，已报生擒吐谷浑。

　　　　　唐　王昌龄《从军行》

太乙近天都，连山接海隅。
白云回望合，青霭入看无。
分野中峰变，阴晴众壑殊。
欲投人处宿，隔水问樵夫。

　　　　　唐　王维《终南山》

楚塞三湘接，荆门九派通。
江流天地外，山色有无中。
郡邑浮前浦，波澜动远空。
襄阳好风日，留醉与山翁。

唐　王维《汉江临眺》

细草微风岸，危樯独夜舟。
星垂平野阔，月涌大江流。
名岂文章著，官应老病休。
飘飘何所似，天地一沙鸥。

唐　杜甫《旅夜书怀》

昔闻洞庭水，今上岳阳楼。
吴楚东南坼，乾坤日夜浮。
亲朋无一字，老病有孤舟。
戎马关山北，凭轩涕泗流。

　　　唐　杜甫《登岳阳楼》

风急天高猿啸哀，渚清沙白鸟飞回。
无边落木萧萧下，不尽长江滚滚来。
万里悲秋常作客，百年多病独登台。
艰难苦恨繁霜鬓，潦倒新停浊酒杯。

　　　　　唐　杜甫《登高》

花近高楼伤客心，万方多难此登临。
锦江春色来天地，玉垒浮云变古今。
北极朝廷终不改，西山寇盗莫相侵。
可怜后主还祠庙，日暮聊为梁甫吟。

　　　　　　唐　杜甫《登楼》

沖澹

素處以默　妙機其微　飲之太和　獨鶴與飛

猶之惠風　荏苒在衣　閱音修篁　美曰載歸

遇之匪深　即之愈稀　脫有形似　握手已違

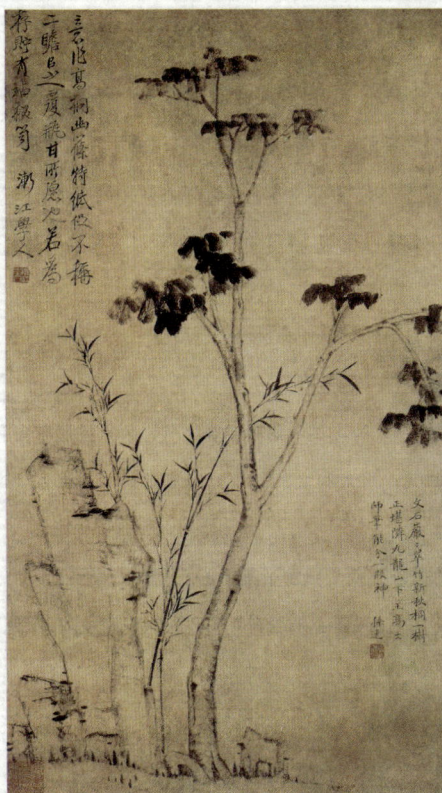

弘仁 ○ 高相幽筱图

◎ 素：《庄子·马蹄》："同乎无欲，是谓素朴。"《庄子·刻意》："故素也者，谓其无所与杂也；纯也者，谓其不亏其神也。能体纯素，谓之真人。"素处："真人"平素居处时无知无欲的淡泊心态。

◎ 默：静默无为，虚而待物。《庄子·在宥》："至道之精，窈窈冥冥；至道之极，昏昏默默。"

◎ 机：触，契。

◎ 微：微妙。

◎ 饮：言得于内也。太和之气，阴阳会合之气。古人说阴阳中和，使万物各得其所的气，叫太和之气。即元气充满内心，进入"道"的境界。

◎ 惠风：温和的风。王羲之《兰亭集序》："惠风和畅。"

◎ 苒苒：微弱，柔意。《归去来兮辞》："风飘飘而吹衣。"此以惠风在衣为淡。

◎ 阅：历，阅阅之阅。《玉篇》："门在左曰阅，在右曰阅。"

◎ 修篁：美的竹林。

◎ 曰：语助词。美曰载归：载美而归。得到足够的美的享受。

◎ 匪：不。匪深：不深。无心而遇，"遇之匪深。"

◎ 即：就、接近。稀：少。静默自守，无心追求；有意追求，又觉得没有什么可追求的。形容恬淡自足的心境。

◎ 脱：假若。违：违背。若有形迹可求，一把握，便觉得这太执着了。形容淡泊自足的心境。袁小山曰："狮子搏兔用全力,终是狮子之愚。"

素处以默，妙机其微。饮之太和，独鹤与飞。
犹之惠风，荏苒在衣。阅音修篁，美曰载归。
遇之匪深，即之愈希。脱有形似，握手已违。

默无一言，心灵微妙。吮吸自然之气，就能与鹤高飞。

和风拂衣，余音袅袅。此境入诗，相容与共。

自然的遇合不再深究，勉强去追寻反而希微。空有虚形，相拥违心。

"冲淡"是与"雄浑"相并列的另一类重要诗境。它与"雄浑"相互补充，与"雄浑"风格不同，但在哲学思想和诗境美学特色的基本方面，同"雄浑"一致。"雄浑"中有"冲淡"，"冲淡"中有"雄浑"。

"冲淡"之境，陶渊明、王维的诗，最为显著。"发纤秾于简古，寄至味于淡泊。""所贵乎枯淡者，谓其外枯而中膏，似淡而实美。渊明、子厚之流是也。""渊明诗作不多，然其诗质而实绮，癯而实腴，自曹、刘、鲍、谢、李、杜诸人，皆莫及也。"

"冲淡"与"雄浑"，风格不同，但都具整体、自然、含蓄、传神、动态之美。两者在哲学思想上一致。"雄浑""冲淡"之美，各具特色："雄浑"之美，刚中有柔；"冲淡"之美，柔中有刚。"雄浑"气魄宏大，沉着痛快，"冲淡"冲和淡远，优游不迫。阳刚阴柔之美"兼济"，诗在冲和淡远中沉着痛快。

前四句，描绘了"冲淡"的精神境界。

"素"：《庄子·马蹄》："同乎无欲，是谓素朴。"《刻意》:"故素也者,谓其无所与杂也;纯也者,谓其不亏其神也。
能体纯素,谓之真人。"

"素处","真人"无知无欲的淡泊心态。"默",静默无为,
虚而待物。《庄子·在宥》:"至道之精,窈窈冥冥;至道之极,
昏昏默默。""妙机其微",虚静则可自然而然地洞察宇宙
间的一切微妙的变化。机,天机,自然。微,幽微,微妙。《庄
子·秋水》:"今予动吾天机,而不知其所以然。"《至乐》:
"万物皆出于机,皆入于机。"

"素处以默",虚静的精神状态。静默自处,养生知足,素
处以默,涵养者深。"妙机其微",静则心清,心静闻妙音,
虚静自然洞察宇宙间的一切微妙的变化。

"素处以默,妙机其微。"素处,是清心、恬淡的人生态度
和人格修养。默,静默,宁静、清明的心境。"素处以默",
是领悟、把握冲淡诗风的精微。诗人应静默自处。

"饮之太和,独鹤与飞。"饮太和之气,阴阳中和,独鹤同飞,
尘世无争,心里没有得失的烦恼。

"太和","阴阳会合冲和之气也"。《庄子·天运》:"夫
至乐者,先应之以人事,顺之以天理,行之以五德,应之以自然,

然后调理四时，太和万物。""饮之太和"，饱含天地元气，
与自然万物同化。鹤本仙鸟，独与之俱飞，与自然相合，同
造化默契。

孙联奎《诗品臆说》："饮之太和，冲也；独鹤与飞，淡也。""冲"
即"浑"，实质是"虚"。"返虚入浑"，"浑"是"虚"
的体现；"饮之太和"，是元气充满内心，进入"道"的境界，
"唯道集虚"。

中四句，表现心平气和，描绘冲淡的境界。春风吹衣，轻轻
飘荡。幽静的竹林，发出动听的乐音。惠风，春风，冲和澹
荡，似即似离，在可觉与不可觉间，故云"荏荏在衣"。经
历这种境界，神思恍惚，心灵颤动，自然产生载与俱归之意，
得冲淡之境。

后四句，言冲淡诗境，自然相契，非人力之所致。偶然遇之，
心目相应，是"素处以默，妙机其微"心境的直接说明。

语言平淡自然、表现了默察得来的静趣，便是冲淡特色的诗篇。

钟嵘："'思君如流水'；'高台多悲风'，亦惟所见。""知
非诗诗，未为奇奇"，强求，决不可得。"遇之匪深，即之

愈稀。""脱有形似，握手已违。"

陆时雍《诗境总论》："每事过求，则当前妙境，忽而不领。古人谓眼前景致，口头语言，便是诗家体料。""绝去形容，独标真素，诗家最上一乘。"

"冲淡"之境全在神会，不落形迹，脱有诗的形似，则"握手已违"。

"冲淡"诗风的基本特征是：表层和柔明朗，轻逸灵动，洋溢着诗人脱俗不超尘的对现实和艺术执着的审美精神；深层蕴涵着恬淡平和的个体人格之美与淡和的大自然之美有机融合的醇厚之美。

王渔洋《芝廛集序》："古澹闲远而中实沉着痛快，此非流俗所能知也。""沉着痛快，非惟李、杜、昌黎有之，乃陶、谢、王、孟而下莫不有之。"

《二十四诗品》，每品中都含有一些共同的基本的美学特色。

斜阳照墟落，穷巷牛羊归。
野老念牧童，倚杖候荆扉。
雉雊麦苗秀，蚕眠桑叶稀。
田夫荷锄至，相见语依依。
即此羡闲逸，怅然吟式微。

　　　　唐　王维《渭川田家》

独坐幽篁里，弹琴复长啸。
深林人不知，明月来相照。

　　　　唐　王维《竹里馆》

贵贱虽异等，出门皆有营。
独无外物牵，遂此幽居情。

微雨夜来过，不知春草生。
青山忽已曙，鸟雀绕舍鸣。

时与道人偶，或随樵者行。
自当安蹇劣，谁谓薄世荣。

唐　韦应物《幽居》

众鸟高飞尽，孤云独去闲。
相看两不厌，只有敬亭山。

唐　李白《独坐敬亭山》

稍稍雨侵竹，翻翻鹊惊丛。
美人隔湘浦，一夕生秋风。

积雾杳难极，沧波浩无穷。
相思岂云远，即席莫与同。

若人抱奇音，朱弦絙枯桐。
清商激西颢，泛滟凌长空。

自得本无作，天成谅非功。
希声閟大朴，聋俗何由聪。

唐　柳宗元《初秋夜坐赠吴武陵》

众人耻贫贱，相与尚膏腴。
我情既浩荡，所乐在畋渔。

山泽时晦暝，归家暂闲居。
满园植葵藿，绕屋树桑榆。

禽雀知我闲，翔集依我庐。
所愿在优游，州县莫相呼。
日与南山老，兀然倾一壶。

　　唐　储光羲《田家杂兴之二》

纤
穠

采采流水　蓬蓬遠春　窈窕深谷　時見美人

碧桃滿樹　風日水濱　柳陰路曲　流鶯比鄰

乘之愈往　識之愈真　如將不盡　與古為新

马麟 ○ 秉烛夜游图

◎ 采采：众多，茂盛。《诗经·蒹葭》："蒹葭采采，白露未已。"

◎ 蓬蓬：形容草木密而凌乱。《庄子·秋水》："今子蓬蓬然起于北海，蓬蓬然入于南海，而似无有，何也？"

◎ 窈窕：娴静端正的样子。《诗经·关雎》："窈窕淑女，君子好逑。"

◎ 深谷：本作"幽谷"。

◎ 水滨：水边，近水的地方。《诗经·采蘋》："于以采蘋？南涧之滨。"

◎ 比邻：近邻。古时五家相连为比。《送杜少府之任蜀州》（唐·王勃）："海内存知己，天涯若比邻。"

采采流水，蓬蓬远春。窈窕深谷，时见美人。

碧桃满树，风日水滨。柳阴路曲，流莺比邻。

乘之愈往，识之愈真。如将不尽，与古为新。

流水耀眼，春花无边。幽静的山谷里，美人浮现。

碧桃满树，和风水边。柳荫弯路，群莺软语。

深入其中，自然心动。如泉纷涌，历久弥新。

"纤秾"之美，本质上和"雄浑""冲淡"之美一致。

前四句，是对幽谷春色的生动描写。幽深山谷春水泉涌，美人时隐时现。"纤秾"含纯洁之态，艳丽蕴高雅之趣。

中四句，是对前四句的补充，写幽谷周边的春色：满树碧桃，美人隐现互衬，鲜艳夺目；和煦春风流水，采采相映，春意盎然。杨柳飘拂，沿水边路曲，阴影连绵，流莺婉转，随山谷幽深，此起彼落。诱人，让人流连忘返！

"纤秾"突出地体现了"声""色"之美。

后四句，由前八句引申出来，循此"纤秾"之境乘之愈往，愈识其内涵真谛：纤秀秾华之中存冲淡之韵味，色彩缤纷之中寓雄浑真体。"韵外之致""味外之旨"，溢于言表，"纤秾"虽终古常见而光景常新。

"纤秾"的特色是纤巧细微，华艳秀丽，高雅自然，含而不露。

"纤秾"用意象批评的方法书写。王渔洋《香祖笔记》：

"'采采流水，蓬蓬远春'，形容诗境亦妙，正与戴容州'蓝田日暖，良玉生烟'八字同旨。"

"纤秾"虽色彩鲜艳，风光秀丽，但绝无浅俗鄙俚之态，仍"真体内充"。

杨振纲《皋兰课业本》："此言纤秀秾华，仍有真骨，乃非俗艳。"

虽描写具体，刻画细腻，但毫无人工雕琢痕迹，显出一派天机造化。虽清晰可见，明白如话，却使人感到韵味无穷。

意象批评方法，始于六朝。

李充《翰林论》评潘岳的诗："如翔禽之有羽毛，衣被之有绡。"

《世说新语·文学》："孙兴公云：'潘文烂若披锦，无处不善。陆文若排沙简金，往往见宝。'"

例
诗

千里莺啼绿映红，水村山郭酒旗风。
南朝四百八十寺，多少楼台烟雨中。

　　　　唐　杜牧《江南春绝句》

孤山寺北贾亭西，水面初平云脚低。
几处早莺争暖树，谁家新燕啄春泥。

乱花渐欲迷人眼，浅草才能没马蹄。
最爱湖东行不足，绿杨阴里白沙堤。

　　　　唐　白居易《钱塘湖春行》

漠漠轻阴晚自开，青天白日映楼台。
曲江水满花千树，有底忙时不肯来。

唐　韩愈《同水部张员外籍曲江春游寄白二十二舍人》

二月二日江上行，东风日暖闻吹笙。
花须柳眼各无赖，紫蝶黄蜂俱有情。

万里忆归元亮井，三年从事亚夫营。
新滩莫悟游人意，更作风檐夜雨声。

唐　李商隐《二月二日》

雨涨西塘金堤斜，碧草芊芊晴吐芽。
野岸明媚山芍药，水田叫噪官虾蟆。

镜中有浪动菱蔓，陌上无风飘柳花。
何事轻桡句溪客，绿萍方好不归家。

唐　温庭筠《春日野行》

沉著

綠杉野屋　落日氣清　脫巾獨步　時聞鳥聲

鴻雁不來　之子遠行　所思不遠　若爲平生

海風碧雲　夜渚月明　如有佳語　大河前橫

谢时臣 ○ 春山对弈图轴

○ 绿杉：本作"绿林"，用来衬托山野幽静环境的树林。

○ 清：纯净。《庄子·刻意》："水之性，不杂则清，莫动则平，郁闭而不流，亦不能清，天德之象也。"

○ 脱巾：脱，取下，摘除。《庄子·说剑》："太子乃与见王，王脱白刃待之。"巾，古代人用以装饰，戴在头上的绢帕。《诗经·出其东门》："缟衣綦巾，聊乐我员。"脱巾而行，更接近自然状态，精神更为沉着。

○ 鸿雁：候鸟，秋季向南飞，春季向北飞。传说古人能用来传递书信，后比喻信使。《诗经·鸿雁》："鸿雁于飞，肃肃其羽。"

○ 之子：这个人。《诗经·桃夭》："桃之夭夭，灼灼其华。之子于归，宜其室家。"

○ 所思：所思的人。

○ 若为平生：似乎足以慰藉一生。

○ 渚：水中间的小块陆地。《宿建德江》（唐·孟浩然）："移舟泊烟渚，日暮客愁新。"

绿杉野屋，落日气清。脱巾独步，时闻鸟声。

鸿雁不来，之子远行。所思不远，若为平生。

海风碧云，夜渚月明。如有佳语，大河前横。

绿林的小屋，余晖气清。脱巾独步，鸟声此起彼伏。

音讯断绝，心肝遥远。相思不远，只慰平生。

海风不止，明月掩映。佳句蜂拥，涛涛洪流。

这一品也运用了意象批评的方法。

前四句，描写山野幽人居住的环境和行为举止。野屋处，绿林更显幽静，日落之后，愈觉空气清新，幽人脱巾，独步漫行旷野，婉转鸟声从林中传来。

中四句，写幽人内心思想状态，对远方朋友的怀念。"鸿雁不来，之子远行"，所思之人并不遥远，似在眼前。这是从人的心理、感情上来写沉着的意念。

后四句，是写自然境象，表现"沉着"特色。"海风碧云"，动态的"沉着"；"夜渚月明"，静态的"沉着"。"海风碧云"，阔大浩瀚，壮美的"沉着"；"夜渚月明"，幽静明彻，优美的"沉着"。" 大河前横"，言语道断，而成佳语，是真"沉着"。"海风碧云"，"荒荒油云，寥寥长风"，有雄浑之美。幽人的精神境界，冲和淡远，超脱尘世。

书山野幽人的"沉着"心态，说明"沉着"风格的诗境美。

《皋兰课业本原解》："此言沉挚之中，仍是超脱，不是一味沾滞，故佳。盖必色相俱空，乃见真实不虚。若落于迹象，涉于言诠，则缠声缚律，不见玲珑透彻之悟，非所以为沉着也。"

僧肇《涅盘无名论》："涅盘非有，亦复非无。言语路绝，心行处灭。"

"沉着"之美，有超绝言象的含蓄美。"海风碧云"和"荒荒油云，寥寥长风"一样，有雄浑之美。

例
诗

中岁颇好道，晚家南山陲。
兴来每独往，胜事空自知。
行到水穷处，坐看云起时。
偶然值林叟，谈笑无还期。

　　　　唐　王维《终南别业》

凉风起天末，君子意如何。
鸿雁几时到，江湖秋水多。
文章憎命达，魑魅喜人过。
应共冤魂语，投诗赠汨罗。

　　　　唐　杜甫《天末怀李白》

死别已吞声，生别常恻恻。
江南瘴疠地，逐客无消息。
故人入我梦，明我长相忆。
恐非平生魂，路远不可测。
魂来枫叶青，魂返关塞黑。
君今在罗网，何以有羽翼。
落月满屋梁，犹疑照颜色。
水深波浪阔，无使蛟龙得。

浮云终日行，游子久不至。
三夜频梦君，情亲见君意。
告归常局促，苦道来不易。
江湖多风波，舟楫恐失坠。
出门搔白首，若负平生志。
冠盖满京华，斯人独憔悴。
孰云网恢恢，将老身反累。
千秋万岁名，寂寞身后事。

　　　　唐　杜甫《梦李白二首》

高古

畸人乘真　手把芙蓉　泛彼浩劫　窅然空蹤

月出東斗　好風相從　太華夜碧　人聞清鐘

虛佇神素　脫然畦封　黃唐在獨　落落元宗

陈洪绶 ○ 摘梅高士图

○ 畸人：真人。《庄子·大宗师》："畸人者，畸于人而侔于天。"道家心中理想的人物，无"机心"在胸，无"机事"缠身的超尘拔俗之人，与世俗追逐名利之人有天壤之别。

○ 乘真：乘天地自然的真气而上升天界。《说文》："真，仙人变形而登天也。"

○ 芙蓉：莲花。李白《古风》："西上莲花山，迢迢见明星。素手把芙蓉，虚步蹑太清。"

○ 泛：不深入，对待事物漫不经心，超越之意。《庄子·田子方》："臧丈人昧然而不应，泛然而辞，朝令而夜遁，终身无闻。"

○ 彼：那，那个。

○ 浩劫：大灾难。

○ 窅然：深远的样子。《庄子·逍遥游》："尧治天下之民，平海内之政，往见四子藐姑射之山，汾水之阳，窅然丧其天下焉。"

○ 东斗：指二十八星宿之一。

○ 太华：西岳华山，今陕西境内。

○ 虚：空也。伫：立。

○ 神素：指纯洁的心灵世界。

○ 脱然：超越。

○ 畦封：疆界。

○ 黄唐：黄帝、唐尧，此指黄帝、唐尧时期太古纯朴之世。

○ 落落：形容举止潇洒自然，超脱世俗。

畸人乘真，手把芙蓉。泛彼浩劫，窅然空踪。

月出东斗，好风相从。太华夜碧，人闻清钟。

虚伫神素，脱然畦封。黄唐在独，落落玄宗。

道者乘风而行，手持莲花芬芳。经历了尘世劫难，留下缥缈的踪影。

月亮从东方升起，和风也有意相从。华山之夜空碧静幽，倾听着清新的钟声。

保持质朴，超脱世俗。向往古圣先贤，归回理想之源。

前四句，写与自然同化的"畸人"的精神境界，说明"高古"的特色。"泛彼浩劫，窅然空踪。"畸人超度了人世之种种劫难，升入飘渺遥远的仙境，浩瀚的太空不见踪迹。远离世俗，脱略人间，即是高古的畸人精神世界。

"畸人"，《庄子·大宗师》："畸人者，畸于人而侔于天。"《徐无鬼》："故无所甚亲，无所甚疏，抱德炀和以顺天下，此谓真人……古之真人，以天待人，不以人入天。"《大宗师》："其息深深……不知说生，不知恶死，其出不诉，其入不拒。倏然而往，倏然而来而已矣。"

"乘真"，乘天地自然的真气而上升天界，《说文》："真，仙人变形而登天也。"李白《古风》：西上莲花山，迢迢见明星。素手把芙蓉，虚步蹑太清。""畸人"，道家心目中的理想的人物，是既无"机心"在胸，又无"机事"缠身的超尘拔俗之人，与世俗追逐名利之人有天壤之别。

上四句是诗人根据古代传说的一种想象。

中四句，描写"畸人"升天后，夜空一片寂寞、空旷、澄碧、幽静，以自然风景显示"高古"的境界。月光明朗，长风凉爽，华山幽深，钟声清脆，这就是"高古"之境。

中四句是诗人对所处环境的感受。

"虚"，空。"伫"，立。"神素"，纯洁的心灵世界。"脱然"，超越。"畦封"，疆界。一种超脱尘世、与自然同化的精神境界，与世俗落落不入。

后四句是写诗人与"畸人"相同的心理。

"高古"，体现了道家的玄远之思，超脱世俗的精神境界。

例
诗

众岫耸寒色，精庐向此分。
流星透疏木，走月逆行云。
绝顶人来少，高松鹤不群。
一僧年八十，世事未曾闻。

　　　　　唐　贾岛《宿山寺》

问余何事栖碧山，笑而不答心自闲。
桃花流水窅然去，别有天地非人间。

　　　　　唐　李白《山中问答》

笑破人间事，吾徒莫自欺。
解吟僧亦俗，爱舞鹤终卑。
竹上题幽梦，溪边约敌棋。
旧山归有阻，不是故迟迟。

　　唐　司空图《僧舍赠友》

中四句，描写"畸人"升天后，夜空一片寂寞、空旷、澄碧、幽静，以自然风景显示"高古"的境界。月光明朗，长风凉爽，华山幽深，钟声清脆，这就是"高古"之境。

中四句是诗人对所处环境的感受。

"虚"，空 。"仁"，立。"神素"，纯洁的心灵世界。"脱然"，超越。"畦封"，疆界。一种超脱尘世、与自然同化的精神境界，与世俗落落不入。

后四句是写诗人与"畸人"相同的心理。

"高古"，体现了道家的玄远之思，超脱世俗的精神境界。

例
诗

众岫耸寒色，精庐向此分。
流星透疏木，走月逆行云。
绝顶人来少，高松鹤不群。
一僧年八十，世事未曾闻。

　　　　唐　贾岛《宿山寺》

问余何事栖碧山，笑而不答心自闲。
桃花流水窅然去，别有天地非人间。

　　　　唐　李白《山中问答》

笑破人间事，吾徒莫自欺。
解吟僧亦俗，爱舞鹤终卑。
竹上题幽梦，溪边约敌棋。
旧山归有阻，不是故迟迟。

　　唐　司空图《僧舍赠友》

典雅

玉壺買春　賞雨茆屋　坐中佳士　左右修竹

白雲初晴　幽鳥相逐　眠琴綠陰　上有飛瀑

落花無言　人澹如菊　書之歲華　其曰可讀

宋人 ○ 人物图（台北故宫拼图）

◎ 玉壶：古代饮酒的器皿，暗含冰清玉洁之意。《芙蓉楼送辛渐》（唐·王昌龄）："洛阳亲友如相问，一片冰心在玉壶。"

◎ 修竹：美丽的竹林。

◎ 菊：菊花，一种草本植物，秋季开花，供观赏，可入药。古人评"梅、兰、竹、菊"为四君子，菊便象征一种人生境界。《饮酒》（晋·陶渊明）："采菊东篱下，悠然见南山。"

◎ 岁华：指岁时、时光，即上文所描写的幽雅景色。

原文

玉壶买春，赏雨茅屋。坐中佳士，左右修竹。白云初晴，幽鸟相逐。眠琴绿阴，上有飞瀑。落花无言，人淡如菊。书之岁华，其曰可读。

译文

玉壶买春，茅屋赏雨。坐中雅士，左右翠竹。

初晴的白云飘动，深谷的鸟儿相逐。倚琴静卧绿荫，头顶瀑布飞珠。

落花无言，人淡如菊。书之岁华，值得品读。

司空图的"典雅"和儒家的"典雅"不同。刘勰《文心雕龙·体性》:"熔式经诰,方轨儒门。"其推崇的"典雅"是儒家"典雅",积极进取,寻求仕进,按儒家伦理道德规范严格要求自己,是以齐家、治国、平天下为目标的人格风范。《二十四诗品》中的"典雅",对人生看得极为淡泊,视世若尘埃。

儒家的雅俗和道家的雅俗,极不相同。儒家的雅以礼义为准则,入世;俗则指不懂礼义,文化水准低。道家的雅以任乎自然为准则,出世;俗是指世俗人间。

前四句,写"佳士"居室幽闲的生活情状 :茅屋旁有翠绿的竹林,桌上放一壶春酒慢酌慢饮,自在地坐在茅屋赏雨。

中四句,写茅屋处在幽静之中 :雨后初晴,天高气爽,幽鸟戏逐,欢歌和鸣。"佳士"出屋外,赏步景,置琴绿荫下,面对飞瀑,抚琴吟诗,人境双清,雅致已极。

后四句，写"佳士"的精神状态及内心世界。"落花无言，人淡如菊"，是"冲淡""素处以默，妙机其微"的意思，"佳士"内心淡泊，无"机心"，也无"机事"。

"书之岁华，其曰可读"，"岁华"，岁时、时光，幽雅景色。

例
诗

明月照高楼，流光正徘徊。
上有愁思妇，悲叹有余哀。

借问叹者谁，云是宕子妻。
君行逾十年，孤妾常独栖。

君若清路尘，妾若浊水泥。
浮沉各异势，会合何时谐。

愿为西南风，长逝入君怀。
君怀良不开，贱妾当何依。

　　　三国曹魏　曹植《七哀诗》

寒山转苍翠，秋水日潺湲。
倚杖柴门外，临风听暮蝉。
渡头余落日，墟里上孤烟。
复值接舆醉，狂歌五柳前。

唐　王维《辋川闲居赠裴秀才迪》

置酒高殿上，亲友从我游。
中厨办丰膳，烹羊宰肥牛。
秦筝何慷慨，齐瑟和且柔。
阳阿奏奇舞，京洛出名讴。
乐饮过三爵，缓带倾庶羞。
主称千金寿，宾奉万年酬。
久要不可忘，薄终义所尤。
谦谦君子德，磬折欲何求。
惊风飘白日，光景驰西流。
盛时不可再，百年忽我遒。
生存华屋处，零落归山丘。
先民谁不死，知命复何忧。

　　　　三国曹魏　曹植《箜篌引》

洗
錬

如鑛出金　如鉛出銀　超心煉冶　絕愛緇磷

空潭瀉君　古鏡如神　體素儲潔　乘月返真

載瞻星辰　載歌幽人　流水今日　明月前身

徐渭 ○ 蟹鱼图

○ 绝：绝对。绝爱：很爱。

○ 淄磷：《论语·阳货》："不曰坚乎？磨而不磷；不曰白乎？涅而不淄。"坚固的东西磨也磨不薄，纯洁的东西染也染不黑。

○ 空潭：指清澈见底而无丝毫尘埃的潭水。

○ 体素：《庄子·刻意》："能体纯素，谓之真人。"无知无欲，无所与杂，纯真素朴，是为储洁。故如得道仙人，脱略尘俗，而乘月光返回天庭。

○ 返真：返归自然。《庄子·秋水》："无以人灭天，无以故灭命，无以得殉名，谨守而勿失，是谓反其真。"

如矿出金，如铅出银。超心炼冶，绝爱淄磷。
空潭泻春，古镜照神。体素储洁，乘月返真。
载瞻星辰，载歌幽人。流水今日，明月前身。

如在矿石中炼出黄金，如从铅块里提取白银。精心提取，杂质务尽。
似深潭流泻的春水，古镜物象多么传神。体察朴素事理，保持品德高洁，
迎着明净月光，求得心神纯真。仰望星辰，歌唱逸人。流水今日，明月前身。

"洗炼"是诗的一种境界。此境必至自然纯净、返归本体的
状态，绝无世俗尘垢："如矿出金，如铅出银。""超心炼
冶"，不是人为雕琢炼冶，以超脱世俗之心"炼冶"，自然
去尽一切杂质，显其素洁本体。

前四句，以"真人"心态比喻"洗炼"诗境。"超心炼
冶"，是说这不是人为雕琢之炼冶，以超脱世俗之心，自然
落尽一切杂质，显其素洁。"绝爱淄磷"，"洗炼功到，则
不美者可使之美，不新者可使之新，虽淄、磷亦觉可爱"。
可爱，"超心炼冶"，其中所含金银原质自然清晰呈现。人
工炼冶，虽极尽工巧亦不可得最纯净金银。

"绝爱淄磷"，"绝"，绝对；"绝爱"，很爱的意思。
"洗炼功到，则不美者可使之美，不新者可使之新，虽淄、
磷亦觉可爱。"一说"绝"，"弃绝"，炼冶中对矿中淄磷
之石弃之，方可得纯净金银。"淄磷"，《论语·阳货》：
"不曰坚乎？磨而不磷；不曰白乎？涅而不淄。"坚固之物
磨不薄，纯白之物染不黑。

中四句，"空潭泻春，古镜照神"。清澈见底，无尘潭水，

能把春光映现；古镜不一定能照出纤细之处，却能从中看出神态。

"体素"，《庄子·刻意》："能体纯素，谓之真人。""返真"，返归自然。《庄子·秋水》："牛马四足，是谓天；落马首，穿牛鼻，是谓人。故曰，无以人灭天，无以故灭命，无以得殉名，谨守而勿失，是谓反其真。"

后四句，能达到"返真"的境界，则瞻望星辰，载歌幽人，怡然自得。今日流水洁净，皆因纯净的明月是前身。

全篇以"真人"喻"洗炼"诗境。"洗炼"之诗，不是人工的精密，而是返璞归真的纯净。道家之"洗炼"，不同于儒家之"洗炼"。

《大宗师》："嗟来桑户乎！嗟来桑户乎！而已反其真，而我犹为人猗！"

例
诗

寒雨连江夜入吴，平明送客楚山孤。
洛阳亲友如相问，一片冰心在玉壶。

　　　　唐　王昌龄《芙蓉楼送辛渐》

终南阴岭秀，积雪浮云端。
林表明霁色，城中增暮寒。

　　　　唐　祖咏《终南望余雪》

岱宗夫如何？齐鲁青未了。
造化钟神秀，阴阳割昏晓。
荡胸生曾云，决眦入归鸟。
会当凌绝顶，一览众山小。

唐　杜甫《望岳》

劲
健

行神如空　行氣如虹　巫峽千尋　走雲連風

飲真茹強　蓄素守中　喻彼行健　是謂存雄

天地與立　神化攸同　期之以實　衛之以終

郑板桥 ○ 竹半幅

○ 茹：吃。

○ 存雄：源出《庄子·天下》："天地其壮乎！施存雄
而无术。"惠施欲存天地之雄而无术，天地之壮为自然景观，
非人力所为。亦源于老子《道德经》二十八章："知其雄，
守其雌。"知其雄强，安守于雌柔，以柔克刚。存雄，保持
自然之雄强。

○ 期：是，"求"之意。

○ 实：充实于中，"饮真茹强，蓄素守中"。

○ 御：驾驭、统率。

原文

行神如空，行气如虹。巫峡千寻，走云连风。

饮真茹强，蓄素守中。喻彼行健，是谓存雄。

天地与立，神化攸同。期之以实，御之以终。

译文

心神坦荡如天空，气势充盈似长虹。巫峡高耸万丈，飞云追随长风。

吸纳真气，培育强刚，积累质朴，纯洁心胸。生命自强不息，才是真正英雄。

与天地共存，自然呼吸相通。真情实感充盈，气势才能始终。

《二十四诗品》中的"劲健"不是人力达到的"劲健"，而是"大用外腓，真体内充"的"劲健"。

"劲健"非一时之力，是持之以恒、久而不变之势。"劲健"与"雄浑"接近，"劲健"突出"浑"，"雄浑"凸显"健"。

前四句，描写"行神如空，行气如虹"的是"真人""畸人"从风而行之姿，如《庄子·逍遥游》："列子御风而行。""巫峡千寻，走云连风"，显示了"真气内充""天行健，君子以自强不息"的劲健特点。

中四句，强调"劲健"的力量源于自然。"饮真茹强"，"真体内充"，"饮之太和"，内心充满和合之气；"蓄素守中"，"素处以默"，没有任何杂念、欲求，以虚静心胸容纳太和之气，"喻彼行健，是谓存雄"。

"存雄"，源于《庄子·天下》："天地其壮乎！施存雄而无术。"惠施欲存天地之雄而无术，天地之壮则为自然之景观，而非人力之所能为也。老子《道德经》二十八章："知其雄，守其雌。"以柔克刚，保持自然之雄强。

下四句，"劲健"与天地并立，显自然造化之神妙。"期之以实，御之以终。""期"，求；"实"，充实，"饮真茹强，蓄素守中"。"御"者，驾驭、统率。

例

诗

扶风豪士天下奇，意气相倾山可移。
作人不倚将军势，饮酒岂顾尚书期。
……
抚长剑，一扬眉，清水白石何离离。

脱吾帽，向君笑，饮君酒，为君吟。
张良未逐赤松去，桥边黄石知吾心。

　　　　　唐　李白《扶风豪士歌》（节选）

……
夜梦多见之，昼思反微茫。
徒观斧凿痕，不瞩治水航。
想当施手时，巨刃磨天扬。
垠崖划崩豁，乾坤摆雷硠。
惟此两夫子，家居率荒凉。
帝欲长吟哦，故遣起且僵。
剪翎送笼中，使看百鸟翔。
平生千万篇，金薤垂琳琅。
仙官敕六丁，雷电下取将。
流落人间者，太山一毫芒。
我愿生两翅，捕逐出八荒。
精诚忽交通，百怪入我肠。
刺手拔鲸牙，举瓢酌天浆。
腾身跨汗漫，不著织女襄。
顾语地上友，经营无太忙。
乞君飞霞佩，与我高颉颃。

　　唐　韩愈《调张籍》（节选）

塔势如涌出，孤高耸天宫。
登临出世界，磴道盘虚空。
突兀压神州，峥嵘如鬼工。
四角碍白日，七层摩苍穹。
下窥指高鸟，俯听闻惊风。
连山若波涛，奔凑似朝东。（凑，一作"走"；似，一作"如"）
青槐夹驰道，宫馆何玲珑。（馆，一作"观"）
秋色从西来，苍然满关中。
五陵北原上，万古青濛濛。
净理了可悟，胜因夙所宗。
誓将挂冠去，觉道资无穷。

唐　岑参《与高适薛据同登慈恩寺浮图》

高标跨苍穹，烈风无时休。
自非旷士怀，登兹翻百忧。
方知象教力，足可追冥搜。
仰穿龙蛇窟，始出枝撑幽。
七星在北户，河汉声西流。
羲和鞭白日，少昊行清秋。
秦山忽破碎，泾渭不可求。
俯视但一气，焉能辨皇州。
回首叫虞舜，苍梧云正愁。
惜哉瑶池饮，日晏昆仑丘。
黄鹄去不息，哀鸣何所投。
君看随阳雁，各有稻粱谋。

唐　杜甫《同诸公登慈恩寺塔》

綺
麗

神存富貴　始輕黃金　濃盡必枯　澹者屢深

霧餘水畔　紅杏在林　月明華屋　畫橋碧陰

金尊酒滿　其客彈琴　取之自足　良殫美襟

李世达 ○ 桃花源图卷（局部）

○ 神：精神，精力。出自《庄子·逍遥游》："其神凝，使物不疵疬而年谷熟。"

○ 轻：轻视，不看重。

○ 雾余水畔：本作"露余山青"。

○ 尊：樽，酒杯，金樽酒满。

○ 良：诚。

○ 殚：尽。

○ 襟：心胸。

神存富贵，始轻黄金。浓尽必枯，淡者屡深。

雾余水畔，红杏在林。月明华屋，画桥碧阴。

金尊酒满，伴客弹琴。取之自足，良殚美襟。

精神高贵丰盈，才能轻视黄金。浓词艳藻文思必枯，清淡朴素反而深浓。

水畔晨雾消散，层林红杏遍燃。月光洒满楼台，绿荫隐现桥影。

金杯斟满美酒，相伴友声琴言。取之不尽的，伟大心胸。

"绮丽"原指绮靡华丽，多指六朝华艳绮靡、采丽竞繁之作，颇多富贵气，人为雕琢痕迹显露。

李白《古风》之一："自从建安来，绮丽不足珍。"《二十四诗品》之《绮丽》，言富贵华美，出于天然，不以堆金积玉为工。文绮光丽，本然绮丽。

首四句，"神存富贵，始轻黄金"，黄金代表着具有形迹的富贵，精神富有自然看轻黄金。人为雕琢的绮丽，往往外在浓艳色彩，内中其实虚空，"浓尽必枯"；外表看似淡泊，内里丰富绮丽，"淡者屡深"。

中四句，清净的水边飘荡着淡雾，林中的红杏呈现出鲜艳的色彩，明亮的月光覆照在华屋的顶上，雕画的小桥深隐在碧绿的树荫之中。风景极其绮丽，又极为自然，绝无人工雕琢的痕迹。

后四句，以处于天然绮丽风光中的隐士，悠闲自在的富贵生活，象征天然绮丽的诗境。"尊"，樽，酒杯。"金尊酒满，伴客弹琴，取之自足。""良"，诚；"殚"，尽。可以充分、尽情地抒发自己的胸怀。

例
诗

忆梅下西洲，折梅寄江北。
单衫杏子红，双鬓鸦雏色。
西洲在何处？两桨桥头渡。
日暮伯劳飞，风吹乌臼树。 （一说乌桕）
树下即门前，门中露翠钿。
开门郎不至，出门采红莲。
采莲南塘秋，莲花过人头。
低头弄莲子，莲子清如水。
置莲怀袖中，莲心彻底红。
忆郎郎不至，仰首望飞鸿。
鸿飞满西洲，望郎上青楼。
楼高望不见，尽日栏杆头。
栏杆十二曲，垂手明如玉。
卷帘天自高，海水摇空绿。
海水梦悠悠，君愁我亦愁。
南风知我意，吹梦到西洲。

南朝　乐府《西洲曲》

西宫夜静百花香，欲卷朱帘春恨长。
斜抱云和深见月，朦胧树色隐昭阳。

　　　　　唐　王昌龄《西宫春怨》

江城如画里，山晓望晴空。
两水夹明镜，双桥落彩虹。
人烟寒橘柚，秋色老梧桐。
谁念北楼上，临风怀谢公。

　　唐　李白《秋登宣城谢朓北楼》

犬吠水声中，桃花带雨浓。
树深时见鹿，溪午不闻钟。
野竹分青霭，飞泉挂碧峰。
无人知所去，愁倚两三松。

唐　李白《访戴天山道士不遇》

云光岚彩四面合，柔柔垂柳十余家。
雉飞鹿过芳草远，牛巷鸡埘春日斜。
秀眉老父对樽酒，茜袖女儿篸野花。
征车自念尘土计，惆怅溪边书细沙。

唐　杜牧《商山麻涧》

济济众君子，高宴及时光。
群山霭遐瞩，绿野布熙阳。
列坐遵曲岸，披襟袭兰芳。
野庖荐嘉鱼，激涧泛羽觞。
众鸟鸣茂林，绿草延高冈。
盛时易徂谢，浩思坐飘飏。
眷言同心友，兹游安可忘。

唐　韦应物《西郊燕集》

自然

俯拾即是　不取諸鄰　俱道適往　著手成春

如逢花開　如瞻歲新　真予不奪　強得易貧

幽人空山　過水采蘋　薄言情晤　悠悠天鈞

陈洪绶 ○ 蕉林酌酒图

○ 俱道适往：本作"与道俱往"。

○ 道：指自然。

○ 真：指自然之真。

○ 予：同"与"。

○ 薄言：语助词。《诗经·周南·芣苢》："采采芣苢，薄言采之。"

○ 情：情性，本性，指自然天性。

○ 天钧：别作"天均"。成玄英疏；"天均者，自然均平之理也。"听任万物，自然平衡。

俯拾即是，不取诸邻。俱道适往，著手成春。

如逢花开，如瞻岁新。真予不夺，强得易贫。

幽人空山，过水采苹。薄言情晤，悠悠天钧。

生活即诗，俯拾即是，真情天然，无须觅寻。顺应自然，挥手即春。

如花应时盛开，似季岁月更改。自然的领悟不会被人夺走，勉强去追寻只能两手空空。

身居空山幽人，雨后萍花遍野。一切真切自然，天体自然永恒。

"自然"是我国古代文学创作中最高的理想审美境界。刘勰
《文心雕龙·原道》："云霞雕色，有逾画工之妙；草木贲
华，无待锦匠之奇；夫岂外饰，盖自然耳。"

首句，"俯拾即是，不取诸邻"。真正美的诗境是自然而得，
不必着意搜寻。下句，"俱道适往，著手成春"。"俱道"，
《庄子·天运》："道可载而与之俱也。"与自然俱化，则著
手成春，无须竭力追求。

中四句，进一步发挥此意，花开，岁新，皆为自然现象，非人
力而生。"真予不夺"，自然之真，自然赋予不会丧失，凭人
力强得反而会失去。

后四句，"幽人"居空山，不以人欲违天机，雨后闲步，偶见
苹草，随意采拾。"悠悠天钧"，天道自在运行，流转不息。

《庄子·齐物论》："是以圣人和之以是非，而休乎天钧。"
"薄言情晤"："薄言"，语助词 ；"情"，情性，本性，
自然天性。

例
诗

峨眉山月半轮秋，影入平羌江水流。
夜发清溪向三峡，思君不见下渝州。

唐　李白《峨眉山月歌》

床前明月光，疑是地上霜。
举头望明月，低头思故乡。

唐　李白《静夜思》

故人具鸡黍，　邀我至田家。
绿树村边合，　青山郭外斜。
开轩面场圃，　把酒话桑麻。
待到重阳日，　还来就菊花。

　　　　唐　孟浩然《过故人庄》

李白乘舟将欲行，忽闻岸上踏歌声。
桃花潭水深千尺，不及汪伦送我情！

　　　　唐　李白《赠汪伦》

食齋

不著一字　盡得風流　語不涉己　若不堪憂

是有真宰　與之沉浮　如淥滿酒　花時返秋

悠悠空塵　忽忽海漚　淺深聚散　萬取一收

八大山人 ○ 荷花双禽图

○ 涉己：本作"涉难"。

○ 若不：本作"已不"。

○ 真宰：指万物运行的内在规律，它不以人的意志为转移。

○ 海沤：大海中漂浮不定的水沫。

不著一字，尽得风流。语不涉己，若不堪忧。

是有真宰，与之沉浮。如渌满酒，花时返秋。

悠悠空尘，忽忽海沤。浅深聚散，万取一收。

不用文字，就能尽显风流。文辞虽未诉苦，情状已不胜悲忧。

事物自存天理，体悟沉浮其中。似酒香四溢不尽，又如蓓蕾绽放深秋。

空里的浮尘辽阔，海中的水沫漂游。万物聚散，只在心中。

　　"含蓄"是中国古代意境的主要美学特征。含蓄以自然为基点，才能"不著一字，尽得风流"，文已尽而意有余，含不尽之意，现于言外。

　　中四句，含蓄是诗境自然的本性，是自在的规律使含蓄呈现出自然的态势，有无穷无尽的深意蕴藏其中。如酒渗出，积满容器，仍不停地渗出，永无尽时；如花开，遇秋寒之气，则放慢开放的速度，含而不露。

　　后四句，以空中之尘、海中之沤，喻其无穷无尽，变化莫测。深浅，聚收，以一驭万，得其环中。

例
诗

奉帚平明金殿开，且将团扇共徘徊。
玉颜不及寒鸦色，犹带昭阳日影来。

　　　唐　王昌龄《长信秋词五首》（其三）

锦城丝管日纷纷，半入江风半入云。
此曲只应天上有，人间能得几回闻？

　　　　　　唐　杜甫《赠花卿》

绝代有佳人，幽居在空谷。
自云良家子，零落依草木。
关中昔丧乱，兄弟遭杀戮。
官高何足论，不得收骨肉。
世情恶衰歇，万事随转烛。
夫婿轻薄儿，新人美如玉。
合昏尚知时，鸳鸯不独宿。
但见新人笑，哪闻旧人哭。
在山泉水清，出山泉水浊。
侍婢卖珠回，牵萝补茅屋。
摘花不插发，采柏动盈掬。
天寒翠袖薄，日暮倚修竹。

唐　杜甫《佳人》

豪
放

觀花匪禁　吞吐太荒　由道返氣　處得以狂

天風浪浪　海山蒼蒼　眞力彌滿　萬象在傍

前招三辰　後引鳳凰　曉策六鼇　濯足扶桑

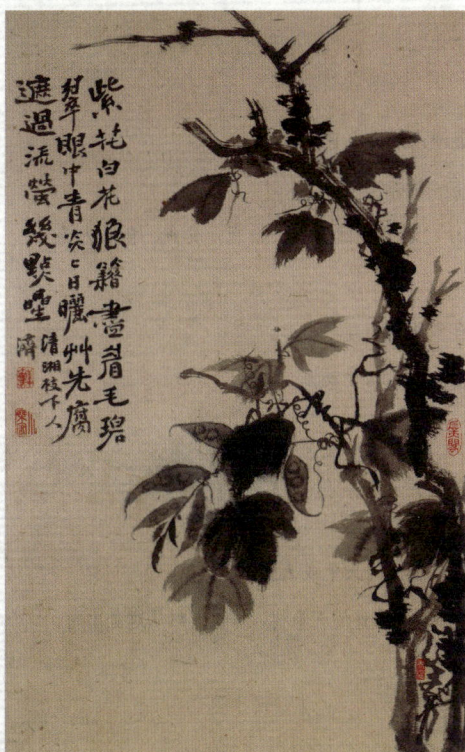

紫艳白花狼藉，画看毛碧
村年眼中青次乙日曙州先腐
遮过流莺几处堡
清湘枝下人
济

石涛 ○ 山水花卉

○ 花：或作"化"。

○ 禁：官禁。

○ 大荒：指混沌未开的人世。

○ 以狂：本作"易狂"。

○ 天风、海山：均为自然界宏大景观，其声、色非人为
之声色可比。

○ 真力：来自本体内的自然之力。

○ 万象：宇宙间的一切景象。

○ 三辰：日、月、星。

○ 策：马鞭。西汉贾谊《过秦论》："及至始皇，奋六
世之余烈，振长策而御宇内……"

○ 六鳌：鳌，传说中的大龟或大鳖。

○ 扶桑：古代神话中海外的大桑树，据说太阳从这里出来。

观花匪禁，吞吐大荒。由道返气，处得以狂。

天风浪浪，海山苍苍。真力弥满，万象在旁。

前招三辰，后引凤凰。晓策六鳌，濯足扶桑。

尽情赏花无拘无束，翱游宇宙自由飞翔。自然培育豪情，文思才能昂扬。

任凭长风心中激荡，恰似大海、高山苍茫。精神饱满，万物如在身旁。向前，召唤日月，从后，引来凤凰。拂晓，驾六鳌奔驰长空，傍晚，沐浴在太阳升起的地方。

"豪放"和"劲健",皆出于自然,而非人为。

首四句,"豪放"的特色。"观花匪禁","花"或作"化";"禁",宫禁。孙联奎《臆说》:"观,洞观也,洞若观火。化,造化也。禁,滞窒也。能洞悉造化,而略无滞窒也。"与下句自然联结。

"吞吐大荒",据《山海经》:"大荒之中有大荒山,是日月出入之处,有气壮山河、吞吐日月之势。"豪放的风格具有气势狂放的特色,内中元气充沛,得自然之道,内心进入得道之境,外表自有狂放之态。"由道返气,处得以狂。"

中四句,"豪放"意象的形象描写。"天风浪浪,海山苍苍",源于本体内"真力弥满","真体内充",万千物象,任其驱使,气魄可见。

后四句,进一步描写"豪放"的气派。"前招三辰,后引凤凰。晓策六鳌,濯足扶桑。"

　　"豪放"诗，李白之诗为最，《蜀道难》《梦游天姥吟留别》《答王十二寒夜独酌有怀》《望天门山》等可为典范之作，很有代表性。

例
诗

饮余马于咸池兮，总余辔乎扶桑。
折若木以拂日兮，聊逍遥以相羊。
前望舒使先驱兮，后飞廉使奔属。

　　　　　楚　屈原《离骚》（节选）

天门中断楚江开，碧水东流至此回。
两岸青山相对出，孤帆一片日边来。

　　　　　　唐　李白《望天门山》

烽火城西百尺楼，黄昏独坐海风秋。
更吹羌笛关山月，无那金闺万里愁。

琵琶起舞换新声，总是关山旧别情。
撩乱边愁听不尽，高高秋月照长城。

关城榆叶早疏黄，日暮云沙古战场。
表请回军掩尘骨，莫教兵士哭龙荒。

青海长云暗雪山，孤城遥望玉门关。
黄沙百战穿金甲，不破楼兰终不还。

大漠风尘日色昏，红旗半卷出辕门。
前军夜战洮河北，已报生擒吐谷浑。

胡瓶落膊紫薄汗，碎叶城西秋月团。
明敕星驰封宝剑，辞君一夜取楼兰。

玉门山嶂几千重，山北山南总是烽。
人依远戍须看火，马踏深山不见踪。

　　　　　　唐　王昌龄《从军行七首》

海客谈瀛洲，烟涛微茫信难求。
越人语天姥，云霓明灭或可睹。

天姥连天向天横，势拔五岳掩赤城。
天台四万八千丈，对此欲倒东南倾。
我欲因之梦吴越，一夜飞度镜湖月。

湖月照我影，送我至剡溪。
谢公宿处今尚在，渌水荡漾清猿啼。

脚著谢公屐，身登青云梯。
半壁见海日，空中闻天鸡。

千岩万转路不定，迷花倚石忽已暝。
熊咆龙吟殷岩泉，栗深林兮惊层巅。

云青青兮欲雨，水澹澹兮生烟。

列缺霹雳，丘峦崩摧。
洞天石扇，訇然中开。

青冥浩荡不见底，日月照耀金银台。
霓为衣兮风为马，云之君兮纷纷而来下。

虎鼓瑟兮鸾回车，仙之人兮列如麻。
忽魂悸以魄动，恍惊起而长嗟。
惟觉时之枕席，失向来之烟霞。

世间行乐亦如此，古来万事东流水。
别君去兮何时还？且放白鹿青崖间，须行即骑访名山。

安能摧眉折腰事权贵，使我不得开心颜。

唐　李白《梦游天姥吟留别》

噫吁嚱，危乎高哉！
蜀道之难，难于上青天！
蚕丛及鱼凫，开国何茫然。
尔来四万八千岁，不与秦塞通人烟。
西当太白有鸟道，可以横绝峨眉巅。

地崩山摧壮士死，然后天梯石栈相钩连。
上有六龙回日之高标，下有冲波逆折之回川。
黄鹤之飞尚不得过，猿猱欲度愁攀援。
青泥何盘盘，百步九折萦岩峦。
扪参历井仰胁息，以手抚膺坐长叹。
问君西游何时还？畏途巉岩不可攀。
但见悲鸟号古木，雄飞雌从绕林间。
又闻子规啼夜月，愁空山，蜀道之难，难于上青天！
使人听此凋朱颜。
连峰去天不盈尺，枯松倒挂倚绝壁。
飞湍瀑流争喧豗，砯崖转石万壑雷。
其险也如此，嗟尔远道之人胡为乎来哉！
剑阁峥嵘而崔嵬，一夫当关，万夫莫开。
所守或匪亲，化为狼与豺。

朝避猛虎，夕避长蛇，
磨牙吮血，杀人如麻。

锦城虽云乐，不如早还家。
蜀道之难，难于上青天！
侧身西望长咨嗟。

　　　　　　　　　　　　　　唐　李白《蜀道难》

昨夜吴中雪，子猷佳兴发。

万里浮云卷碧山，青天中道流孤月。
孤月沧浪河汉清，北斗错落长庚明。
怀余对酒夜霜白，玉床金井冰峥嵘。
人生飘忽百年内，且须酣畅万古情。

君不能狸膏金距学斗鸡，坐令鼻息吹虹霓。
君不能学哥舒，横行青海夜带刀，西屠石堡取紫袍。
吟诗作赋北窗里，万言不值一杯水。
世人闻此皆掉头，有如东风射马耳。

鱼目亦笑我，谓与明月同。

骅骝拳跼不能食，蹇驴得志鸣春风。
折杨黄华合流俗，晋君听琴枉清角。
巴人谁肯和阳春，楚地犹来贱奇璞。
黄金散尽交不成，白首为儒身被轻。
一谈一笑失颜色，苍蝇贝锦喧谤声。
曾参岂是杀人者？谗言三及慈母惊。
与君论心握君手，荣辱于余亦何有？
孔圣犹闻伤凤麟，董龙更是何鸡狗！
一生傲岸苦不谐，恩疏媒劳志多乖。

严陵高揖汉天子，何必长剑拄颐事玉阶。

达亦不足贵，穷亦不足悲。

韩信羞将绛灌比，祢衡耻逐屠沽儿。
君不见，李北海，英风豪气今何在！
君不见，裴尚书，土坟三尺蒿棘居！
少年早欲五湖去，见此弥将钟鼎疏。

　　唐　李白《答王十二寒夜独酌有怀》

精神

欲返不盡　相期與來　明綺絕底　奇花初胎

青春鸚鵡　楊柳樓臺　碧山人來　清酒滿杯

生氣遠出　不著死灰　妙造自然　伊誰與裁

徐渭 ○ 榴实图

○ 相期：等候所约的人，等候，期盼。

○ 明漪：明丽之水的波纹。

○ 胎：孕育。

○ 楼：或作"池"。

○ 生气：生命力，活力。

○ 与：同"予"。

欲返不尽，相期与来。明漪绝底，奇花初胎。

青春鹦鹉，杨柳楼台。碧山人来，清酒满杯。

生气远出，不著死灰。妙造自然，伊谁与裁？

精神难以穷尽，适时就会显现。如清水见底，似奇花绽蕾。

春光里鹦鹉歌唱，杨柳掩映着水中楼台。隐士飘然而至，清酒共饮慰平生。

生命的气息勃然弥漫，绝不沾染丝毫死灰。自然一样奇妙，谁还需添加安排？

　　"精神"是诗境必须体现的旺盛的生命力，生生不息、日新月异的变化。

　　前四句，"欲返不尽，相期与来"，精神蕴内显外，无穷无尽，心与之相期，则自然而来。"明漪绝底，奇花初胎"，清澈见底的流水和含苞欲放的花朵，现出饱满的精神状态。

　　中四句，以情景交融的境界，描写"精神"特色，"青春鹦鹉，杨柳楼台"，"碧山人来，清酒满杯"，生动形象。

　　后四句，"精神"的要害是"生气远出，不著死灰"。自然，绝非矫揉造作得来，它是再造的"自然"，不可人为裁度。

例
诗

潜虬媚幽姿，飞鸿响远音。
薄霄愧云浮，栖川怍渊沉。

进德智所拙，退耕力不任。
徇禄反穷海，卧疴对空林。

衾枕昧节候，褰开暂窥临。
倾耳聆波澜，举目眺岖嵚。

初景革绪风，新阳改故阴。
池塘生春草，园柳变鸣禽。

祁祁伤豳歌，萋萋感楚吟。
索居易永久，离群难处心。

持操岂独古，无闷征在今。

　　南北朝　谢灵运《登池上楼》

两个黄鹂鸣翠柳，一行白鹭上青天。
窗含西岭千秋雪，门泊东吴万里船。

　　　　　唐　杜甫《绝句四首》（其三）

迟日江山丽，春风花草香。泥融飞燕子，沙暖睡鸳鸯。
江碧鸟逾白，山青花欲燃。今春看又过，何日是归年。

　　　　　　　唐　杜甫《绝句二首》

縝
密

是有真跡　如不可知　意象欲生　造化已奇

水流花開　清露未晞　要路愈遠　幽行爲遲

語不欲犯　思不欲癡　猶春於綠　明月雪時

王蒙 ○ 葛稚川移居图

○ 真迹：自然之迹、传神之迹，非人工之迹、形似之迹。

○ 如：好像，似乎。

○ 意象：意境。一种审美的表象系统，一种心理存在。

○ 欲生：本作"欲出"。

○ 造化：指大自然，造物者。出自《庄子·大宗师》："倚其户与之语曰：'伟哉造化！又将奚以汝为，将奚以汝适？以汝为鼠肝乎？以汝为虫臂乎？'"

○ 晞：干燥。出自《诗经·东方未明》："东方未晞，颠倒裳衣。"露水未干，天没亮。

○ 要路：主要和重要的路途，具有某种重要用途的交通要道。《古诗十九首》之四："何不策高足，先据要路津。"

○ 迟：缓慢，不畅通。出自《庄子·养生主》："虽然，每至于族，吾见其难为，怵然为戒，视为止，行为迟，动刀甚微。"

○ 犯：烦琐重迭，不循常理。出自《庄子·德充符》："仲尼曰：'子不谨，前既犯患若是矣。虽今来，何及矣！'"

○ 痴：呆滞，不流畅。

○ 犹：如。

是有真迹，如不可知。意象欲生，造化已奇。

语不欲犯，思不欲痴。犹春于绿，明月雪时。

水流花开，清露未晞。要路愈远，幽行为迟。

真切，才能浑然一体。意象浮现，自然神奇。

流水花开，露珠欲滴。思想越是悠远，运行更要缜密。

用语不可啰嗦，立意切忌模糊。如春天萌绿，似明月雪中。

"缜密"，指天然的缜密，"是有真迹，如不可知。意象欲生，造化已奇"。"真迹"，自然之迹、传神之迹，非人工之迹、形似之迹。

首四句，看上去若不可知，难以言喻，其微妙之理则可默悟。朦胧之意象欲出而未出，它并非人为之构想，而是自然造化了奇妙之形态。

中四句，"缜密"诗境如"水流花开，清露未晞"，细腻绵密。如山林"要路"，蜿蜒曲折。

后四句，"缜密"诗境，诗语流畅，"语不欲犯，思不欲痴"。

例
诗

黄四娘家花满蹊，千朵万朵压枝低。
留连戏蝶时时舞，自在娇莺恰恰啼。

　　　　　唐　杜甫《江畔独步寻花》

低眉信手续续弹，说尽心中无限事。
轻拢慢捻抹复挑，初为霓裳后六幺。
大弦嘈嘈如急雨，小弦切切如私语。
嘈嘈切切错杂弹，大珠小珠落玉盘。
间关莺语花底滑，幽咽泉流冰下难。
冰泉冷涩弦凝绝，凝绝不通声暂歇。
别有幽愁暗恨生，此时无声胜有声。
银瓶乍破水浆迸，铁骑突出刀枪鸣。
曲终收拨当心画，四弦一声如裂帛。
东船西舫悄无言，唯见江心秋月白。
沉吟放拨插弦中，整顿衣裳起敛容。
自言本是京城女，家在虾蟆陵下住。
十三学得琵琶成，名属教坊第一部。
曲罢曾教善才服，妆成每被秋娘妒。
五陵年少争缠头，一曲红绡不知数。
钿头银篦击节碎，血色罗裙翻酒污。
今年欢笑复明年，秋月春风等闲度。
弟走从军阿姨死，暮去朝来颜色故。
门前冷落鞍马稀，老大嫁作商人妇。
商人重利轻别离，前月浮梁买茶去。
去来江口守空船，绕船月明江水寒。
夜深忽梦少年事，梦啼妆泪红阑干。

我闻琵琶已叹息，　又闻此语重唧唧。
同是天涯沦落人，　相逢何必曾相识！

我从去年辞帝京，　谪居卧病浔阳城。
浔阳地僻无音乐，　终岁不闻丝竹声。
住近湓江地低湿，　黄芦苦竹绕宅生。
其间旦暮闻何物？　杜鹃啼血猿哀鸣。
春江花朝秋月夜，　往往取酒还独倾。
岂无山歌与村笛？　呕哑嘲哳难为听。
今夜闻君琵琶语，　如听仙乐耳暂明。
莫辞更坐弹一曲，　为君翻作琵琶行。
感我此言良久立，　却坐促弦弦转急。
凄凄不似向前声，　满座重闻皆掩泣。
座中泣下谁最多？　江州司马青衫湿。

　　　　　　唐　白居易《琵琶行》（节选）

慈母手中线，　游子身上衣。
临行密密缝，　意恐迟迟归。
谁言寸草心，　报得三春晖。

　　　　唐　孟郊《游子吟》

疎
野

惟性所宅　真取弗羈　拾物自富　與率爲期

築屋松下　脫帽看詩　但知旦暮　不辨何時

倘然適意　豈必有爲　若其天放　如是得之

石涛 ○ 山水

○ 惟：同"唯"。

○ 宅：此指心灵的位置。出自《庄子·人间世》："无门无毒，一宅而寓于不得已，则几矣。""一宅"，心灵安于凝聚专一，全无杂念。

○ 真：天真自然，合乎自然之道的人性。出自《庄子·渔父》："礼者，世俗之所为也；真者，所以受于天也，自然不可易也。故圣人法天贵真，不拘于俗。"

○ 羁：羁绊，拘束。

○ 拾物：本作"控物"。

○ 率：真率自然。出自《庄子·山木》："桑雽又曰：'舜之将死，真泠禹曰："汝戒之哉！形莫若缘，情莫若率。"缘则不离，率则不劳；不离不劳，则不求文以待形，不求文以待形，固不待物。'"

○ 但：只。

○ 倘然：倘若。

○ 天放：见《庄子·马蹄》，其云："民有常性，织而衣，耕而食，是谓同德；一而不党，命曰天放。"天，自然。林希逸《南华真经口义》中云："放肆自乐于自然之中。"

惟性所宅，真取弗羁。拾物自富，与率为期。

筑屋松下，脱帽看诗。但知旦暮，不辨何时。

倘然适意，岂必有为。若其天放，如是得之。

性之所至，才能真实显现。万象在胸就会丰富，率真才能自如。

松下修舍，坦荡读诗。只知日夜，哪管何时。

纵情挥毫，何必雕饰。顺应天然，才能把握人生。

延伸阅读

　　"疏野"，真率之一种。任性自然，绝去雕饰，涤除肥腻，独露天机。

　　前四句，说"疏野"的特点是真率、无所羁绊，"惟性所宅，真取弗羁"，任性随其所安，天真自然毫无世俗羁绊。"拾物自富"，"控物""拾物"，随手自由取物，绝无任何规矩约束。

　　中四句，"筑屋松下，脱帽看诗"，真率自然，无拘无束。"但知旦暮，不辨何时"，任性而为，无所顾忌。

　　后四句，疏野之人与世无争，"倘然适意，岂必有为"。

阮籍生涯懒，嵇康意气疏。相逢一醉饱，独坐数行书。
小池聊养鹤，闲田且牧猪。草生元亮径，花暗子云居。
倚床看妇织，登垄课儿锄。回头寻仙事，并是一空虚。

家住箕山下，门枕颍川滨。不知今有汉，唯言昔避秦。
琴伴前庭月，酒劝后园春。自得中林士，何忝上皇人。

平生唯酒乐，作性不能无。朝朝访乡里，夜夜遣人酤。
家贫留客久，不暇道精粗。抽帘持益炬，拔篲更燃炉。
恒闻饮不足，何见有残壶。

唐　王绩《田家三首》（一作王勃诗）

绿树重阴盖四邻，青苔日厚自无尘。
科头箕踞长松下，白眼看他世上人。

唐　王维《与卢员外象过崔处士兴宗林亭》

舍南舍北皆春水，但见群鸥日日来。
花径不曾缘客扫，蓬门今始为君开。
盘餐市远无兼味，樽酒家贫只旧醅。
肯与邻翁相对饮，隔篱呼取尽馀杯。

　　　　　　　　唐　杜甫《客至》

清江一曲抱村流，长夏江村事事幽。
自去自来堂上燕，相亲相近水中鸥。
老妻画纸为棋局，稚子敲针作钓钩。
多病所须唯药物，微躯此外更何求。

　　　　　　　　唐　杜甫《江村》

清奇

娟娟羣松　下有漪流　晴雪滿汀　隔溪漁舟

可人如玉　步屧尋幽　載行載止　空碧悠悠

神出古異　澹不可收　如月之曙　如氣之秋

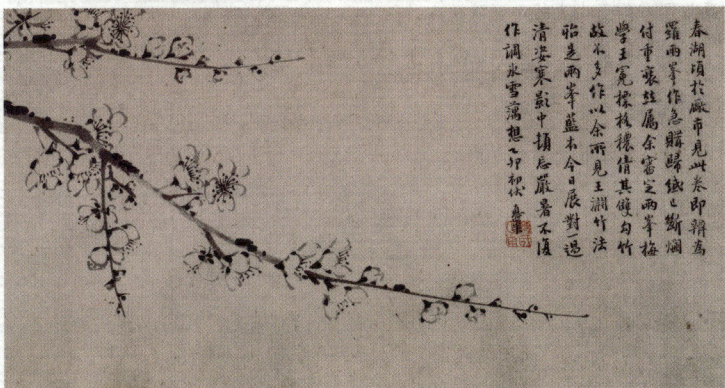

罗聘 ○ 梅竹双清图（局部）

○ 满汀：本作"满竹"。

○ 可人：可意之人，惬人意之人，前所说幽人、佳士。

○ 如玉：《世说新语·容止》："裴令公（楷）有俊容仪，脱冠冕，粗服乱头皆好，时人以为'玉人'。见者曰：'见裴叔则，如玉山上行，光映照人。'"

○ 屐：木屐。

○ 载行：本作"载瞻"。

○ 收：当指收受领会之意。

娟娟群松，下有漪流。晴雪满汀，隔溪渔舟。

可人如玉，步屧寻幽。载行载止，空碧悠悠。

神出古异，淡不可收。如月之曙，如气之秋。

苍翠秀美的松林，才有荡漾的溪流。晴雪覆盖着沙滩，河岸停泊着渔舟。

可爱的人高洁如玉，迈步寻幽。行止仰望，蓝天悠悠。

神采高雅，风度自然魅力无穷。似黎明前的月光，如初秋之气。

"清奇"接近"高古","高古"为神态,"清奇"形神兼备。

首四句,写"清奇"之境:松下有一条小溪,水边盖满白雪,溪对面停着一艘渔船。

中四句,写"清奇"之人,品质高洁、风度闲雅。"步屟寻幽",穿着木屐,不修边幅,悠闲散步,探寻幽趣,行行止止,停停看看,神态自若,心情淡泊,天空碧蓝,清奇至极,无丝毫尘埃。

后四句,写清奇之人的精神境界,"神出古异,澹不可收",精神高古奇异,心灵世界极其淡泊,使人领略不尽。如破晓月光,明朗惨淡;深秋空气,清新高爽。

例
诗

山光忽西落，池月渐东上。
散发乘夕凉，开轩卧闲敞。

荷风送香气，竹露滴清响。
欲取鸣琴弹，恨无知音赏。

感此怀故人，中宵劳梦想。

唐　孟浩然《夏日南亭怀辛大》

空山新雨后，　天气晚来秋。
明月松间照，　清泉石上流。

竹喧归浣女，　莲动下渔舟。
随意春芳歇，　王孙自可留。

　　　　唐　王维《山居秋暝》

千山鸟飞绝，　万径人踪灭。
孤舟蓑笠翁，　独钓寒江雪。

　　　　唐　柳宗元《江雪》

委曲

登彼太行　翠遶羊腸　杳霭流玉　悠悠花香

力之於時　聲之於羌　似往已回　如幽匪藏

水理漩洑　鵬風翱翔　道不自器　與之圓方

髡残 ◦ 人物画

○ 杳：指远得不见踪影。

○ 流玉：流动的玉，喻空中流动的雾气如玉洁丽。

○ 力之于时：力量运用适时。《二十四诗品浅解》："凡我之所得举，皆曰力。时，用之之时也。言力之于其用时轻重低昂，无不因乎时之宜然。"此句谓作品力量变化应根据需要，适当安排。

○ 羌：羌笛。

○ 似往已回：指拉弓射箭之势，更为形象地形容"委曲"的意境。

○ 匪：不。

○ 漩洑：指水流回旋流淌。

○ 翱翔：在空中回旋飞翔。《庄子·逍遥游》："斥鷃笑之曰：'彼且奚适也？我腾跃而上，不过数仞而下，翱翔蓬蒿之间，此亦飞之至也。'"

○ 器：形器、器皿。

○ 圆方：或圆或方。《庄子·知北游》："物已死生方圆，莫知其根也，扁然而万物自古以固存。"

登彼太行，翠绕羊肠。杳霭流玉，悠悠花香。

力之于时，声之于羌。似往已回，如幽匪藏。

水理漩洑，鹏风翱翔。道不自器，与之圆方。

登上太行山，羊肠小道盘绕在翠绿的山岗。幽曲云雾下的流水，悠远的清新花香。

力量依时而发，笛抑声扬。似往来不尽，隐中显委多样。

如水的波纹跃动，似大鹏乘风翱翔。章法不是一个僵死的格式，它存在于万物之中。

　　"委曲"与"含蓄"接近，又有所不同，"委曲"重在含蓄曲尽，低回往复，曲折环绕，味之不尽，余音绕梁，三日不绝。

　　首四句，"委曲"如登太行山羊肠小道，绿翠围绕，幽深曲折；又如悠远弯曲的流水，弥漫着恍惚迷离的雾气，散发出各种各样诱人的花香。"委曲"的诗境深味无穷无尽。

　　中四句，以良弓之力"似往已回"、羌笛之声"如幽匪藏"，形容"委曲"的作用。羌笛之声悠扬遥远，时断时续，委曲不尽。

　　后四句，"委曲"变化自有其内在之理，如水面波纹源于其内之漩洑暗流，大鹏翱翔缘于其翅之鼓动扇风。"道不自器，与之圆方"，随顺自然，各适其性，不以形器为限，受其拘束，因宜适变，或圆或方。"委曲"天工所成，非人为雕琢所至。

例
诗

独在异乡为异客，每逢佳节倍思亲。
遥知兄弟登高处，遍插茱萸少一人。

唐　王维《九月九日忆山东兄弟》

今夜鄜州月，　闺中只独看。
遥怜小儿女，　未解忆长安。
香雾云鬟湿，　清辉玉臂寒。
何时倚虚幌，　双照泪痕干。

唐　杜甫《月夜》

天下伤心处，劳劳送客亭。
春风知别苦，不遣柳条青。

　　　唐　李白《劳劳亭》

寰境

取語甚直　計思匪深　忽逢幽人　邈見道心

清澗之曲　碧松之陰　一客荷樵　一客聽琴

情性所至　妙不自尋　遇之自天　泠然希音

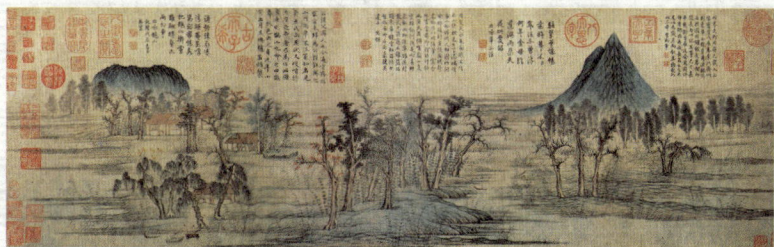

赵孟頫 ○ 鹊华秋色图（局部）

○ 道心：自然的精神状态，取之自然的意境。

○ 泠然：形容声音清越。

取语甚直，计思匪深。忽逢幽人，如见道心。

清涧之曲，碧松之阴。一客荷樵，一客听琴。

情性所至，妙不自寻。遇之自天，泠然希音。

用语质朴，构思天成。似忽遇高人，瞬间领悟道的精神。

山溪弯曲的阳光，松林一片浓荫。樵夫挑担走过，诗人独自听琴。

真情创造意境，妙境无须强寻。感受来自天然，才是美好的心声。

首四句，"实境"似具体写实，实际都是应目会心，合乎自然
之作。"实境"，要求诗人善于心物相应，灵感萌发间，抓住
心中涌现的境界，真切地把它描写出来。

"取语甚直，计思匪深。忽逢幽人，如见道心。"

中四句，是对"实境"的形象描写，清澄的涧水曲曲弯弯，碧
绿的松林一片阴影，不论是打柴的樵夫，还是听琴的隐士，都
自由自在，无拘无束。

后四句，承接上句，"实境"凭情性所至而妙不自寻，得之自
然，遇之自天，大音希声，悠远缥缈，泠然希音。

例
诗

清浅白石滩，绿蒲向堪把。
家住水东西，浣纱明月下。

　　　　　唐　王维《白石滩》

落日山水好，漾舟信归风。
探奇不觉远，因以缘源穷。
遥爱云木秀，初疑路不同。
安知清流转，偶与前山通。
舍舟理轻策，果然惬所适。
老僧四五人，逍遥荫松柏。
朝梵林未曙，夜禅山更寂。
道心及牧童，世事问樵客。
暝宿长林下，焚香卧瑶席。
涧芳袭人衣，山月映石壁。
再寻畏迷误，明发更登历。
笑谢桃源人，花红复来觌。

　　唐　王维《蓝田山石门精舍》

峥嵘赤云西，日脚下平地。柴门鸟雀噪，归客千里至。
妻孥怪我在，惊定还拭泪。世乱遭飘荡，生还偶然遂！
邻人满墙头，感叹亦歔欷。夜阑更秉烛，相对如梦寐。

晚岁迫偷生，还家少欢趣。娇儿不离膝，畏我复却去。
忆昔好追凉，故绕池边树。萧萧北风劲，抚事煎百虑。
赖知禾黍收，已觉糟床注。如今足斟酌，且用慰迟暮。

群鸡正乱叫，客至鸡斗争。驱鸡上树木，始闻叩柴荆。
父老四五人，问我久远行。手中各有携，倾榼浊复清。
莫辞酒味薄，黍地无人耕。兵革既未息，儿童尽东征。
请为父老歌，艰难愧深情！歌罢仰天叹，四座泪纵横。

唐　杜甫《羌村》

绿树连村暗，黄花出陌稀。
远陂春草绿，犹有水禽飞。

唐　司空图《独望》

悲
恍

大風捲水　林木爲摧　意苦若死　招憩不求

百歲如流　富貴冷灰　大道日往　若爲雄才

壯士拂劍　浩然彌哀　蕭蕭落葉　漏雨蒼苔

蓝瑛 〇 秋山渔隐图

○ 卷：掀起来。

○ 摧：折。为摧：被风摧折。

○ 意苦若死：本作"适苦欲死"。

○ 招：邀来。

○ 憩：休息；安慰。

○ 百岁：百年光阴。

○ 如流：像流水逝去。

○ 富贵冷灰：富贵化为灰烬。

○ 大道：天道，自然之道。

○ 日往：日益消逝。本作"日丧"。

○ 若为：如何，奈何。

○ 雄才：有雄心大才的人。

○ 拂：出。拂剑：拔出剑。

○ 弥哀：无穷无尽的悲哀。弥：充满。

○ 萧萧：形容悲慨。悲慨如秋风凋叶，漏雨滴苔，一叶叶，

一点点，不尽、不止。

大风卷水，林木为摧。意苦若死，招憩不来。

百岁如流，富贵冷灰。大道日往，若为雄才。

壮士拂剑，浩然弥哀。萧萧落叶，漏雨苍苔。

大风卷起流水，树木也被摧毁。痛苦欲死，无人相随。

百年光阴流水一样地逝去，一切繁华富贵都化为烟尘。世道一天天地沦丧，

谁是英雄？壮士拔剑，悲从中来！无奈落叶萧萧，漏雨滴苍苔。

延伸阅读

《悲慨》是具有悲壮慷慨特色的作品。"悲慨"主体意识强烈，对人生有执着的追求，表现了老庄思想深沉内在的本质。

《悲慨》展开的是人生与社会苦难的二重奏，是人生与社会悲剧式的冲突；"悲慨"，既是显示着悲痛感慨情调的风格概念，更是近乎"悲剧"的美学范畴。

首四句，一种深沉的悲哀，大风卷起狂浪，坚实的林木被吹折，心如痛死一般，安慰和休息不可得。

中四句，要能看破红尘，寻求解脱，岁月如流，人生如梦，荣华富贵如过眼云烟。

后四句，宇宙变化，世道沉沦，即使雄杰之才，又能怎样？"萧萧落叶，漏雨苍苔。"此情此景，令人感慨。

誓扫匈奴不顾身，五千貂锦丧胡尘。
可怜无定河边骨，犹是春闺梦里人。

　　　　唐　陈陶《陇西行四首》（其二）

风急天高猿啸哀，渚清沙白鸟飞回。
无边落木萧萧下，不尽长江滚滚来。
万里悲秋常作客，百年多病独登台。
艰难苦恨繁霜鬓，潦倒新停浊酒杯。

　　　　　　唐　杜甫《登高》

前不见古人，后不见来者。
念天地之悠悠，独怆然而涕下。

　　　唐　陈子昂《登幽州台歌》

有客有客字子美，白头乱发垂过耳。岁拾橡栗随狙公，
天寒日暮山谷里。中原无书归不得，手脚冻皴皮肉死。
呜呼一歌兮歌已哀，悲风为我从天来。

长镵长镵白木柄，我生托子以为命。黄精无苗山雪盛，
短衣数挽不掩胫。此时与子空归来，男呻女吟四壁静。
呜呼二歌兮歌始放，邻里为我色惆怅。

有弟有弟在远方，三人各瘦何人强。生别展转不相见，
胡尘暗天道路长。东飞鴐鹅后鹙鶬，安得送我置汝旁。
呜呼三歌兮歌三发，汝归何处收兄骨。

有妹有妹在钟离，良人早殁诸孤痴。长淮浪高蛟龙怒，
十年不见来何时。扁舟欲往箭满眼，杳杳南国多旌旗。
呜呼四歌兮歌四奏，林猿为我啼清昼。
四山多风溪水急，寒雨飒飒枯树湿。黄蒿古城云不开，
白狐跳梁黄狐立。我生何为在穷谷，中夜起坐万感集。
呜呼五歌兮歌正长，魂招不来归故乡。

南有龙兮在山湫，古木巃嵸枝相樛。木叶黄落龙正蛰，
蝮蛇东来水上游。我行怪此安敢出，拔剑欲斩且复休。
呜呼六歌兮歌思迟，溪壑为我回春姿。

男儿生不成名身已老，三年饥走荒山道。长安卿相多少年，富贵应须致身早。山中儒生旧相识，但话宿昔伤怀抱。呜呼七歌兮悄终曲，仰视皇天白日速。

唐　杜甫《乾元中寓居同谷县作歌七首》(又名《同谷七歌》或《七歌》)

形容

絕竚靈素　少回清真　如覓水影　如寫陽春

風雲變態　花草精神　海之波瀾　山之嶙峋

俱似大道　妙契同塵　離形得似　庶幾斯人

弘仁 ○ 山水

○ 绝：穷尽、净尽，极力。《庄子·盗跖》："汤武立为天子，而后世绝灭。"

○ 灵素：神气质素。

○ 大道：真理，真谛，指遵法自然之道。出自《庄子·渔父》："惜哉，子之蚤湛于人伪而晚闻大道也。"

○ 庶几：连词。出自《庄子·天地》："汝方将忘汝神气，堕汝形骸，而庶几乎！"

绝伫灵素，少回清真。如觅水影，如写阳春。

风云变态，花草精神。海之波澜，山之嶙峋。

俱似大道，妙契同尘。离形得似，庶几斯人。

凝神，任神思翱翔。情景自然清新。似水中的倒影，如写芳春。

风云变幻，花草的精神。大海波涛壮阔，高山险峻幽深。

这些都是自然之道，与万物美妙地契合。能够不拘形貌而神似，那才是真正的诗人。

"形容"，诗境描写以传神为高，不以形似为妙。传神自然而有生气，"形容"与"自然""精神"相近，重点略有不同。"形容"本质在体现自然本体："绝伫灵素，少回清真。如觅水影，如写阳春。"

首四句，极力保存创作对象的神气质素，使之呈现清真自然面貌，如水中清影，阳春美景。

中四句，强调"形容"之妙在体现事物之生气精神，风云变幻无穷的姿态，花草蓬勃生长的神气，海水汹涌澎湃之波涛，山峦绵延起伏之壮阔，无不呈现出活泼的生命活力。

后四句，一切与"大道"一样，真实自然，不可强力而致。《老子》："和其光，同其尘，是谓玄同。"调和其辉，混同于尘，一切事物都是道的体现，只有符合道的精神，才能脱形神现，成为诗中妙境。

例
诗

新晴原野旷，极目无氛垢。
郭门临渡头，村树连溪口。
白水明田外，碧峰出山后。
农月无闲人，倾家事南亩。

　　　　唐　王维《新晴野望》

素练风霜起，苍鹰画作殊。
𫛭身思狡兔，侧目似愁胡。
绦镟光堪擿，轩楹势可呼。
何当击凡鸟，毛血洒平芜。

　　　　唐　杜甫《画鹰》

胡马大宛名，锋棱瘦骨成。
竹批双耳峻，风入四蹄轻。
所向无空阔，真堪托死生。
骁腾有如此，万里可横行。

　　　唐　杜甫《房兵曹胡马诗》

垂緌饮清露，流响出疏桐。
居高声自远，非是藉秋风。

　　　　唐　虞世南《蝉》

西陆蝉声唱，南冠客思侵。
那堪玄鬓影，来对白头吟。
露重飞难进，风多响易沉。
无人信高洁，谁为表予心？

　　　　唐　骆宾王《在狱咏蝉》

本以高难饱，徒劳恨费声。
五更疏欲断，一树碧无情。
薄宦梗犹泛，故园芜已平。
烦君最相警，我亦举家清。

　　　　　唐　李商隐《蝉》

超詣

匪神之靈　匪機之微　如將白雲　清風與歸

遠引若至　臨之已非　少有道契　終與俗違

亂山喬木　碧苔芳暉　誦之思之　其聲愈稀

石涛 〇 山水清音

○ 灵：灵敏。出自《庄子·天地》："大惑者，终身不解；

大愚者，终身不灵。"

○ 机：天机。

○ 少：年少之时。

○ 契：契合。

匪神之灵，匪机之微。如将白云，清风与归。

乱山乔木，碧苔芳晖。诵之思之，其声愈稀。

远引若至，临之已非。少有道契，终与俗违。

不借神灵，不依靠机遇。好似云从，清风随同。

远行，面临妙境，到达，却又面目全非。有了道的素养，才能超脱世俗。

乔木高耸在乱山丛中，绿苔上洒满光辉。此景中吟咏，自然进入体悟之中。

首四句，"匪神之灵，匪机之微"，不是心神之灵、天机之妙，而是清风、白云回归太空，绝非人力所为，有不可言喻之妙。

中四句，"远引若至，临之已非"，向这种境界行进，似乎快要到达，临近却又不是，实际并无途径可通。

后四句，高人生活在超脱的山林丘壑，"乱山乔木，碧苔芳晖"，口诵心思，皆合自然，如天籁之音，大音希声，若有而若无，这才是"超诣"的情景。

例
诗

息徒兰圃，秣马华山。
流磻平皋，垂纶长川。

目送归鸿，手挥五弦。
俯仰自得，游心太玄。

嘉彼钓叟，得鱼忘筌。
郢人逝矣，谁与尽言。

三国　嵇康《赠秀才入军》（其十四）

空山不见人，但闻人语响。
返景入深林，复照青苔上。

唐　王维《鹿柴》

荆溪白石出，天寒红叶稀。
山路元无雨，空翠湿人衣。

唐　王维《山中》

風
飄
逸

落落欲往　矯矯不羣　縹緲之鶴　華頂之雲

高人畫中　令色絪緼　御風蓬葉　泛彼無垠

如不可執　如將有聞　識者已領　期之愈分

梁楷 ○ 李白吟行图

○ 矫矫：高超，与众不同。

○ 缑山：在今河南。《列仙传》：周灵王太子晋（又称王子乔）好吹笙，作凤凰鸣，仙人浮丘生接他上嵩山，他乘白鹤飞往缑山之顶。

○ 华顶：华山之顶。"华顶之云"就是李白《古风》中"西上莲花山，迢迢见明星，素手把芙蓉，虚步蹑太清"之意。

○ 画中：本作"惠中"。

○ 氤氲：烟气很盛。

○ 已领：本作"期之"。

○ 期之：本作"欲得"。

落落欲往，矫矫不群。缦山之鹤，华顶之云。

高人画中，令色氤氲。御风蓬叶，泛彼无垠。

如不可执，如将有闻。识者已领，期之愈分。

孤独而去，超然独立。如缦山飞鹤，似华山之云。

高士如画，风貌神秀。驾蓬叶之舟乘风而去，向着无边的大海畅游。

似乎无法追寻，又好像有所领悟。理解才能心领神会，过分强求只会更加遥远。

　　"飘逸"与"超诣"相近，"超诣"旨在脱俗，"飘逸"是一种意趣清远、胸无芥蒂、风雅蕴藉、闲逸绝俗的大境界。"飘逸"其道"如黄鹤临风，貌逸神王，杳不可羁"（释皎然语）。

　　首四句，仙人独来独往、高傲不群，如"缑山之鹤，华之云"。

　　中四句，高人随己心意、本性而行，饱含元气，足踏蓬叶，御风而行，逍遥于太空之中，飘逸已极。

　　后四句，仙人遨游太空，飘忽不定，"如不可执，如将有闻"，而又无所闻。"飘逸"在于自然而无定规，不期望人力而期待"道契"，如欲以人力求之，不可得。

　　笔锋急转，推原归总，若积学博识，韬光养晦，自然高古旷达，情韵雅逸。

例
诗

挂席东南望，　青山水国遥。
舳舻争利涉，　来往接风潮。
问我今何适？　天台访石桥。
坐看霞色晓，　疑是赤城标。

　　　　唐　孟浩然《舟中晓望》

挂席几千里，　名山都未逢。
泊舟浔阳郭，　始见香炉峰。
尝读远公传，　永怀尘外踪。
东林精舍近，　日暮空闻钟。

　　　唐　孟浩然《晚泊浔阳望庐山》

吾爱孟夫子，风流天下闻。
红颜弃轩冕，白首卧松云。
醉月频中圣，迷花不事君。
高山安可仰，徒此揖清芬。

唐　李白《赠孟浩然》

牛渚西江夜，青天无片云。
登舟望秋月，空忆谢将军。
余亦能高咏，斯人不可闻。
明朝挂帆去，枫叶落纷纷。

　　唐　李白《夜泊牛渚怀古》

南湖秋水夜无烟，耐可乘流直上天。
且就洞庭赊月色，将船买酒白云边。

　　唐　李白《陪族叔刑部侍郎晔及中书贾舍人至游洞庭五首》（其二）

帝子潇湘去不还，空馀秋草洞庭间。
淡扫明湖开玉镜，丹青画出是君山。

　　唐　李白《陪族叔刑部侍郎晔及中书贾舍人至游洞庭五首》（其五）

曠達

生者百歲　相去幾何　歡樂苦短　憂愁實多

何如尊酒　日往烟蘿　花覆茆簷　疏雨相過

倒酒既盡　杖藜行過　孰不有古　南山峩峩

马远 ○ 山径春行图

○ 何：表示反问。几何，多少的意思。出自《短歌行》（曹操）："对酒当歌，人生几何。"

○ 欢乐苦短，忧愁实多：取意于《短歌行》（曹操）："譬如朝露，去日苦多。"

○ 何如尊酒，日往烟萝：取意于《短歌行》（曹操）："何以解忧，惟有杜康。"

○ 行过：本作"行歌"。

○ 峨峨：高。出自《诗经·棫朴》："奉璋峨峨，髦士攸宜。"

生者百岁，相去几何？欢乐苦短，忧愁实多。

何如尊酒，日往烟萝。花覆茅檐，疏雨相过。

倒酒既尽，杖藜行过。孰不有古，南山峨峨。

人生不过百年，生死相去几何？欢乐的日子太短，忧愁的岁月太多。

不如痛饮美酒，流连幽涧烟萝。鲜花开满茅屋，细雨飘忽而过。

杯酒已尽，持杖行歌。人生自古谁无死，唯有南山永巍峨。

"旷达"，就是大度、超脱，不拘小节，达人大观，摆脱机心、机事，超尘脱俗的精神。

首四句，感慨人生不过百年，生命有限，有限中又是"欢乐苦短，忧愁实多"，与其羁绊尘世是非，自陷忧愁痛苦之中，不如达观地对待世事人生。

中四句，"何如尊酒，日往烟萝。花覆茅檐，疏雨相过"。超脱了尘世，生活自然悠闲自在，倒酒既尽，杖藜行歌。

后四句，人生短暂，总要死的，不必把世俗的功名富贵看得太重，把它置之度外，才会获得精神上的自由，像终南山那样永远高耸入云，青翠常在。

例
诗

生年不满百，常怀千岁忧。
昼短苦夜长，何不秉烛游！

　汉　佚名《古诗十九首》（选句）

忆我少壮时，无乐自欣豫。
猛志逸四海，骞翮思远翥。
荏苒岁月颓，此心稍已去。
值欢无复娱，每每多忧虑。
气力渐衰损，转觉日不如。
壑舟无须臾，引我不得住。
前途当几许，未知止泊处。
古人惜寸阴，念此使人惧。

东晋末至南朝宋初　陶渊明《杂诗》

高树荫柴扉，青苔照落晖。
荷锄山月上，寻径野烟微。
老叟扶童望，羸牛带犊归。
灯前饭何有？白薤露中肥。

　　　　北宋　梅尧臣《田家》

斜光照墟落，穷巷牛羊归。
野老念牧童，倚杖候荆扉。

雉雊麦苗秀，蚕眠桑叶稀。
田夫荷锄立，相见语依依。

即此羡闲逸，怅然歌式微。

　　　　唐　王维《渭川田家》

流動

若納水輨　如轉丸珠　夫豈可道　假體遺愚

荒荒坤軸　悠悠天樞　載要其端　載同其符

超超神明　返返冥無　來往千載　是之謂乎

石涛 ○ 巢湖图

○ 輨：包车辕的铁。

○ 道：说。

○ 愚：愚蠢、不开化。愚蠢的看法。

○ 遗愚：本作"如愚"。

○ 载：记载。出自《庄子·齐物论》："皆其盛者也，故载之末年。"

○ 端：开头。

○ 载同：本多作"载闻"。

○ 符：符合，相契合。

若纳水轁，如转丸珠。夫岂可道，假体遗愚。

荒荒坤轴，悠悠天枢。载要其端，载同其符。

超超神明，返返冥无。来往千载，是之谓乎。

如水车旋转，似滚珠清圆。此妙岂可文道，借喻总是徒劳。

苍茫的大地，悠远的天空，永不停驻。只有遵循根本的法则，才能与自然的节奏相合。

自然玄妙奇特，循环归于虚无。千万年周而复始，这才是流动的真谛。

"流动"是诗歌意境的流动之美。

首四句，水车转动，不停地流出清水，永无停息。这种流动是事物本体性质的表现，宇宙本体变动无常，不可人力为之，也不可言喻。

中四句，天体的运行，不管是地轴还是天枢，都是荒荒、悠悠，空阔不尽，永不停息。寻源，认识本性，才能懂得什么是真正的流动。

后四句，如神明般变幻莫测，周流无滞，返归于空无寂寞，上下几千年始终如一，这才是"流动"美的本质。

例
诗

汴水日驰三百里，扁舟东下更开帆。
旦辞杞国风微北，夜泊宁陵月正南。
老树挟霜鸣窣窣，寒花垂露落毵毵。
茫然不悟身何处，水色天光共蔚蓝。

　　　　　　宋　韩驹《夜泊宁陵》

剑外忽传收蓟北，初闻涕泪满衣裳。
却看妻子愁何在，漫卷诗书喜欲狂。
白日放歌须纵酒，青春作伴好还乡。
即从巴峡穿巫峡，便下襄阳向洛阳。

　　　　　唐　杜甫《闻官军收河南河北》

春江潮水连海平，　海上明月共潮生。
滟滟随波千万里，　何处春江无月明？
江流宛转绕芳甸，　月照花林皆似霰。
空里流霜不觉飞，　汀上白沙看不见。
江天一色无纤尘，　皎皎空中孤月轮。
江畔何人初见月？　江月何年初照人？
人生代代无穷已，　江月年年只相似。
不知江月待何人，　但见长江送流水。
白云一片去悠悠，　青枫浦上不胜愁。
谁家今夜扁舟子？　何处相思明月楼？
可怜楼上月徘徊，　应照离人妆镜台。
玉户帘中卷不去，　捣衣砧上拂还来。
此时相望不相闻，　愿逐月华流照君。
鸿雁长飞光不度，　鱼龙潜跃水成文。
昨夜闲潭梦落花，　可怜春半不还家。
江水流春去欲尽，　江潭落月复西斜。
斜月沉沉藏海雾，　碣石潇湘无限路。
不知乘月几人归，　落月摇情满江树。

唐　张若虚《春江花月夜》

跋

文爱艺

《二十四诗品》的人格精神及思想内容是儒、释、道思想的融合，佛教思想的色彩终始贯穿其中。

《二十四诗品》抒发的是司空图在乱世避身隐居时的生活体验，是他超越人世劫难、寻求精神解脱的追求，是他思想感情、人生观、世界观的体现。

《二十四诗品》虽抒发的是二十四种不同艺术风格的意境，但它体现了深刻的人格精神和情感思想，在不同的风貌中体现出共同的价值观：在超尘脱俗、回归自然的前提下，体现了不同特色。它的主流偏向冲和淡远，在冲淡中有雄浑之气，在阴柔中具阳刚之美，典雅、劲健、豪放、悲慨之中，与冲和淡远有着不可分割的内在联系。

《二十四诗品》在艺术风格上体现了由阳刚、阴柔两种基本风格所发展出来的多种多样的美。

《二十四诗品》最大的贡献，是从论述文学的语言风格转向研究文学的意境风格。

《二十四诗品》对不同风格的诗歌意境进行描绘，虽没具体地论述意境的创作美学特征，但在描绘中，意境所蕴含的美学内容都一一浮现。

《二十四诗品》意境中所蕴含的美学内容体现了"思与境偕"和"象外之象，景外之景"的特点。它非常充分、深刻地体现了意境的特征：言外之意，味外之旨；气韵生动，富有活力；自然真实，无人为斧凿之痕，重在神似。

《二十四诗品》的思想主要体现了隐逸高士的情操，这和以陶、王、韦为代表的山水田园诗派是基本一致的。司空图对山水田园诗创作经验的总结，也突出了陶、王、韦一派的重要地位，并给予了很高的评价，他自己的诗歌创作也是属于这一派的。

《二十四诗品》所体现的主要审美观念，如整体的美、自然的美、含蓄的美、传神的美、动态的美，也都是从山水田园诗中概括出来的，虽然这些审美观念不具有广泛性，但在《二十四诗品》中仍以自然景物、山水田园的形态表现出来。

《二十四诗品》版本众多，本书根据吴永《续百川学海》本、毛晋《津逮秘书》本、宛委山堂刊一百二十卷《说郛》等多种翻印本编撰而成。

《二十四诗品》深刻地影响了中国文化的发展，历代学者都对它做了精确、独到的评价，现列出最有代表性的一些评语如下，作为跋的结语。

《窎津草堂诗集序》："昔司空表圣作《诗品》凡二十四。有谓冲淡者曰：'遇之匪深，即之愈稀'；有谓自然者曰：'俯拾即是，不取诸邻'；有谓清奇者曰：'神出古异，淡不可收。'是三者，品之最上。"

《四库全书总目》："所列诸体毕备，不主一格。"许印芳在跋中说："其教人为诗，门户甚宽，不拘一格。"

《新唐书》："（司空图）节谊为天下大闲，士不可不勉。观皋、济不污贼，据忠自完，而乱臣为沮计。天下士知大分所在，故倾朝复支。不有君子，果能国乎？德秀以德，城以鲠峭，图知命，其志凛凛与秋霜争严，真丈夫哉！"

宋·苏轼《书黄子思诗集后》："唐末司空图，崎岖兵乱之间，而诗文高雅，犹有承平之遗风。其论诗曰：'梅止于酸，盐止于咸，饮食不可无盐梅，而其美常在咸酸之外。'盖自列其诗之有得于文字之表者二十四韵，恨当时不识其妙，予三复其言而悲之。"

清·孙联奎《诗品臆说》："得其意象，可与窥天地，可与论古今；掇其词华，可以润枯肠，医俗气。图画篆象，靡所不该；人鉴文衡，罔有不具，岂第论诗而已哉。"

清·王士祯《香祖笔记》："表圣论诗有二十四品，予最喜'不著一字，尽得风流'八字，又云'采采流水，蓬蓬远春'二语，形容诗境亦绝妙，正与戴容州'蓝田日暖，良玉生烟'八字同旨。"

鲁迅《魏晋风度及文章与药及酒之关系》："诗文完全超于政治的所谓田园诗人、山林诗人，是没有的。完全超出于人间世的，也是没有的。既然是超出于世，则当然连诗文也没有。诗文也是人事。既有诗，就可以知道于世事未能忘情。"

郭沫若《夕阳》："这本书我从五岁发蒙时读起，要算是我平生爱读书中之一。我尝以为诗的性质绝类禅机，总要自己去参透。参透了的人可以不立言诠，参不透的人纵费尽千言万语，也只在门外化缘。这部书要算是禅宗的'无门关'，它的二十四品，各品是一个世界，否，几乎各句是一个世界。"

钱锺书《谈艺录》："除妄得真，寂而息照，此即神来之候。艺术家之会心，科学家之格言，哲学家之悟道，道学之因虚生白，佛家之因定发慧，莫不由此。"

启功《诗品题识》："表圣诗品，妙言兴象，可赅众艺，宁止于诗。"

文爱艺《司空图二十四诗品·今译本》："司空图的《二十四诗品》是中国文学皇冠上的明珠，艺术人生的永恒滋养品！"

文爱艺

文爱艺，当代著名学者、作家、诗人、翻译家，中国作家协会会员。生于湖北省襄阳市，从小精读古典诗词，十四岁开始发表作品。

著有《春祭》《梦裙》（2版）、《夜夜秋雨》（2版）、《太阳花》（9版）、《寂寞花》（4版）、《雨中花》（2001—2002）、《病玫瑰》（2003—2004）、《温柔》《独坐爱情之外》《梦的岸边》《流逝在花朵里的记忆》《生命的花朵》《长满翅膀的月亮》《伴月星》《一帘梦》《雪花的心情》《来不及摇醒的美丽》《成群结队的梦》《我的灵魂是火焰·文爱艺抒情诗选集》（1976—2000）、《像心一样敞开的花朵·文爱艺散文诗选集》（1976—2000）、《玫瑰花园》、《文爱艺诗歌精品赏析集》（全三卷）、《文爱艺抒情诗集》（全三册）、《文爱艺抒情诗集》《文爱艺散文诗集》《文爱艺爱情诗集》（13版·插图本）、《文爱艺诗集》（14版·插图本）、《文爱艺诗集·第62部·夜歌》《文爱艺诗集·第63部·彼岸花》《文爱艺诗集·第64部·青春》《文爱艺选集》（首批5卷本）、《文爱艺全集》（诗1—4卷·数字版）等60多部诗集，深受读者喜爱，再版不断。

部分作品被译成英、法、俄、日、阿拉伯、世界语等文。现主要致力于系列小说的创作。

译有《勃朗宁夫人十四行爱情诗集》（插图本）、《亚当夏娃日记》（10版·插图本）、《柔波集》（3版·插图本）、《恶之花》（15版·全译本·赏析版·插图本）、《风中之心》《奢侈品之战》《沉思录》（8版·插图本）、《箴言录》（8版·插图本）、《思想录》（插图本）、《古埃及亡灵书》（2版·灵魂之书·插图本）、《小王子》（5版·插图本）、《一个孩子的诗园》（9版·插图本）、《天真之歌》（插图本）、《经验之歌》（插图本）、《亚瑟王传奇》（2版·插图本）、《墓畔挽歌》（2版·插图本）、《老人与海》

（3版·插图本）、《培根随笔全集》、《共产党宣言》等70余部经典名著及其他著作。

编著有《离骚》《天问》《九歌》《九章》《九辩》《兰亭集》（2版·插图本）、《绝句》《花之魂》《中国古代风俗百图》（2版·插图本）、《道德经》《金刚经》《心经》《茶经》《酒经》《草书／元·鲜于枢书唐诗》《行书／宋·米芾书天马赋》《二十四诗品》（2版·插图本）、《孟浩然全集》《陈子昂全集》《中国时间》《中国病人》《静心录》《净心录》《洗冤集录》《经典书库》《新诗金库》《品质书库》《品质诗库》等书。

另出版有《当代寓言大观》（4卷）、《当代寓言名家名作》（9卷）、《当代寓言金库》（10卷）、《开启儿童智慧的100个当代寓言故事》等少儿读物。

所著、译、编图书，连获2015年（首届）、2016年及2018年"海峡两岸十大最美图书"奖，连获2011年、2012年、2013年及2015年、2016年、2017年、2018年，共11部"中国最美图书"奖；《文爱艺爱情诗集》（第9版）获2019年环球设计大奖视觉传达类金奖，《文爱艺爱情诗集》（第10版）获2017年台湾金点大奖、2018年美国NY TDC 64 TDC Communication Design Winners大奖，《文爱艺爱情诗集》（第12版）获香港2018年HKDA环球设计大奖GDA银奖、同《鲛》再获2019年美国Benny Award大奖；《文爱艺诗集·第62部·夜歌》获铜奖，且再获美国2018年ONE SHOW DESIGN优异奖、2019年第六十五届美国Certificate of Typographic Excellence年度优异奖。

《文爱艺诗集》获"世界最美图书"奖。

共出版著述200余部。

【二十四诗品】今译本 文爱艺译注

朗读版 请登录喜马拉雅搜索"[二十四诗品]当代版文爱艺译注"聆听

朗诵者：小薇

禅意 · 中意文化交流协会秘书长

海口市朗诵艺术协会副秘书长

海南省影视家协会会员

中华旗袍文化交流使者

海南广播电视总台原综艺节目导演导播

现旅居意大利

图书在版编目（CIP）数据

司空图二十四诗品：今译本 / 文爱艺译注. -- 兰州：读者出版社，2019.9
ISBN 978-7-5527-0581-2

Ⅰ. ①司… Ⅱ. ①文… Ⅲ. ①古典诗歌-诗歌理论-中国②《二十四诗品》-译文③《二十四诗品》-注释 Ⅳ. ①I207.22

中国版本图书馆CIP数据核字（2019）第211724号

司空图二十四诗品（今译本）
文爱艺　译注

策　　划	爱艺书院＋美书坊	
策划编辑	王先孟	
责任编辑	王先孟　房金蓉	
装帧设计	薛冰焰	

出　　版	读者出版社	
地　　址	兰州市城关区读者大道568号(730030)	
邮　　箱	readerpress@163.com	
电　　话	0931-8773027(编辑部)	

印　　刷	南京艺中印务有限公司	
规　　格	开本889毫米×1194毫米　1/32	
	印张5.5　插页83　字数209千	
版　　次	2019年9月第1版	
印　　次	2019年9月第1次印刷	
书　　号	ISBN 978-7-5527-0581-2	
定　　价	365.00元	

如发现印装质量问题，影响阅读，请与出版社联系调换。